はぐれ奉行 龍虎の剣

呪いの館

早見　俊

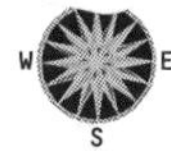

コスミック・時代文庫

この作品はコスミック文庫のために書下ろされました。

目次

第一話　女心に幽霊来る

一

結城大和守虎龍は、江戸城から藩邸に戻った。西の丸下にある上屋敷である。裃姿のまま御殿仏間に入ると、仏壇の前に座った。燈明を灯し、線香を供えると、亡き妻、百合の位牌に両手を合わせる。

「百合、ただいま戻った。舅殿の推挙で務める寺社奉行職も、ひと月が過ぎたぞ。……なんだと、大丈夫でございますか、だと……ああ、心配ないとも。朋輩方とはうまくやっておられますか、だと……もちろんだ……とは申せぬな。わかっておろう、相変わらずのはぐれ者だ」

　朝と夕、虎龍は仏壇前に座して、妻とやりとりを、いや、あの世の百合が答えてくれるはずもなく、ひとり語りをするのが日課である。

虎龍は数え二十八歳、中肉中背ながら裃の上からでも武芸で鍛えたがっしりとした身体つきとわかる。虎龍という名とは裏腹な柔和な面差し、細面で鼻筋が通り、切れ長の目が涼やかだ。

虎龍は、結城家の三男であった。長男と次男は夭折し、彼だけが元服するに及び、父の政義が虎龍と名付けた。

政義は、強い男になるよう、虎か龍を名前の一字につけようと考えたのだが、虎と龍、どちらがよいかをさんざん迷ったあげくに、両方の字を名前にしたのである。

政義から名前の由来を聞くたびに虎龍は、喜んでいいのか、父の適当さを恨むべきか、複雑な思いに駆られてきた。

その父は三年前に隠居し、国許の美濃国恵那城で、悠々自適の暮らしを送っている。

結城家は譜代五万五千石で、歴代藩主のなかには、老中を務めた者もいた。

仏間から出ると羽織、袴に着替え、居間に入った。

「兄上、お疲れさまです」

百合の妹の菊乃が、お茶を持ってきた。

　菊乃は百合の七つ下、数え十八歳の娘盛りだ。七つの年齢差のせいか、百合とはさほど似ていない。ほっそりとして楚々とした、たたずまいの百合に対して、ややぽっちゃりとした菊乃は、黒目がちな瞳と相まって、美人というよりは可愛らしさを感じさせる。ほがらかな人柄、はきはきとした物言いが、お転婆な印象を与えてもいた。

　桃色地に鶯を描いた小袖に、紅色の帯がよく似合っている。髪を飾る花簪は正月らしく、松竹梅だった。

　百合と菊乃の父、松川備前守貞道は、三河国蒲郡藩五万石の大名で、老中勝手掛の重職にある。勝手掛とは、幕府の財政を担う役割であった。

「すまぬな」

　虎龍はお茶を飲んだ。

「父が大変に気にかけておりますよ」

　菊乃の言葉に、虎龍は苦笑を漏らした。

「おかた、わたしのはぐれ者ぶりを耳になさったのであろう。ご心配なく、と申してくれ」

あの世の百合にも語ったが、虎龍は寺社奉行たちの間で浮いている。

寺社奉行は、譜代大名から選ばれた奏者番の加役として任命される。奏者番は江戸城の典礼を司る役職で、定員は定められておらず、二十名から三十名が任命された。

対して寺社奉行は、四名と定員が決まっている。役職名どおり、全国の寺社と寺社領、僧侶、神官を統制するほか、修験者や陰陽師、連歌師、芸能の民なども管轄した。

加えて町奉行、勘定奉行とともに三奉行と称され、幕府の最高裁判所である評定所の責任者でもあった。

寺社奉行を無事務めあげれば、大坂城代、京都所司代に昇進し、最終的には老中への栄転が可能だ。

いわば、老中への登竜門である。

このため、譜代大名にとっては垂涎の役職であり、寺社奉行に成った者は万事そつなく、老中、若年寄の目を気にしながら、下の者にも気配りをした毎日を送っている。

なにはともあれ輪を乱すのを嫌う朋輩たちからすると、虎龍は異色であった。

群れようとも、仲間に加わろうともしない、はぐれ者なのだ。

寺社奉行に成る以前、三十人近くいた奏者番のなかでも浮いていた。

「あいつは変わり者だ」という陰口を叩かれているのは承知していたが、気にならなかった。

朋輩たちが虎龍を変人扱いするのは、虎龍の趣味が一因である。

虎龍は、物の怪、妖怪、幽霊、祟り、あの世……といったあやかしに、異常な興味を持っているのだ。

とはいえ、あやかしが好きというのではない。信じてもいない。

信じたいのだ。

その理由は、ただひとつ。

すなわち、一度でいいからあの世の百合と再会したい、二年前文政三年（一八二〇）の皐月に労咳で冥途に旅立った百合と、いま一度、言葉を交わしたいのだ。

亡くなるまでの三か月、百合は虎龍を遠ざけた。労咳の伝染を危惧してのことだったが、日に日に衰える容貌を、夫に見せたくはなかったのではないか。

悲しみや寂寥感とともに、百合の気遣い、引け目を包みこみ、もっと語らうべきだったという後悔の念が残っている。

あの世の百合と会うには、あやかしが実在しなければならない。

あやかしの真実を突き止めることが、百合との再会、あるいは真の決別となるのだと思っている。

「あ、そうそう、呪いの館の話、ご存じですか」

菊乃は問いかけてきた。

黒目がちな瞳が、くりくりと輝きを放っている。菊乃も、あやかしが大好きなのだ。

「いや……」

虎龍は首をひねった。

「向島（むこうじま）の北、鐘ヶ淵村（かねがふちむら）にあるお屋敷なのです」

主不在の空き屋敷になっているそうだ。その屋敷が、いつのころからか呪いの館と称されるようになったのは、館内にある塔の最上階から、何人もの人間が飛びおりたかららしい。

「館を建てた主の人魂（ひとだま）が、塔の最上階に出るんですって。それで、その人魂に誘われるように塔にのぼり、最上階から身を投げてしまうのだそうですよ」

怖い、という言葉を発しながらも、菊乃は楽しそうである。

虎龍も興味を抱くと、

「お茶を淹れかえますね」

菊乃は居間から出ていった。

菊乃と入れ替わるように、白川薫が入ってきた。

白川薫は、都からやってきた従四位下の位階を持つ公家だ。従四位下は、幕府でいえば老中の位階である。朝廷の祭祀を司り、諸国の官社を統括する神祇官の長、神祇伯の官職にある。いまは江戸で、松川貞道の上屋敷に逗留している。

その松川貞道が、菊乃への和歌の指南に招いたのだが、虎龍家を訪ねるにつれ、あやかし話を通じて、虎龍本人とも親交を深めたのである。

立烏帽子を被り、白の狩衣に身を包んだ薫は、まこと公家らしい優男で、典雅な雰囲気を醸しだしているが、物言いには遠慮会釈がなく、容貌とは裏腹な毒舌を弄する。

「本所界隈を散策してきたのや」

薫は虎龍の前に、ふわりと座った。

「本所七不思議をめぐってきたのですか」

虎龍の問いかけに、

「麻呂が本所くんだりまで足を延ばすのやから、用向きは本所七不思議しかないわな。不思議、あやかしを訪ね歩くのが、江戸にくだった目的やからな」

文句があるかとばかりに、薫は言い返してきた。

菊乃への和歌指南に招かれたのでは、という問いかけを、虎龍は胸の中に仕舞った。

本所七不思議とは、「置いてけ堀」「送り提灯」「送り拍子木」「消えずの行灯」「足洗い屋敷」「片葉の葦」「落ち葉なき椎」「狸囃子」「津軽の太鼓」といった本所で語られてきた怪談噺である。七不思議と言いながら、八つの噺が伝わっているのが、いかにも胡散くさい。

「なにか収穫はありましたか」

「あったと言えばあったし、なかったと言えばなかった」

なんとも曖昧な返事を、薫は返した。いかにも、都のお公家さんらしいつかみどころのなさだ。話の継ぎ穂をなくし、気まずい空気が流れたところで、菊乃が戻ってきた。

「兄上、立派な冬瓜が手に入りましたので、あとで届けさせますね」

菊乃は言ってから薫に気づき、

「白川さま、父が探しておられましたよ」

と、勝手気ままな外出を責めるような口調で言った。

「備前守さんの用事いうたら、なんやろう。どうせ、ろくな用事やないでしょうがね」

　薫が返すと、

「まあ、ご挨拶ですこと」

　菊乃は唇を尖らせた。

　気にすることもなく、薫はなにやらぶつぶつと口の中で、呪文のような言葉を並べた。平安の世の陰陽師・安倍晴明に憧れる薫は、陰陽道に通じ、神祇伯の役目とは別に、悪霊退散のお祓いを生業としている。

「本所七不思議をめぐっていらしたそうだよ」

　薫の代わりに、虎龍が菊乃に教えた。

　すると菊乃は笑顔になって、

「八丁堀七不思議の奥さまあって殿さまなし、ってご存じですか」

　と、問いかけた。

「さて、どんなあやかしかな」

途端に、薫は目を輝かせた。

物の怪、悪霊、幽霊、冥界など、あやかしものに、この薫も異常な関心を抱く。今晴明を自称する薫は、それが自分の務めであると公言し、あやかしで苦しむ者たちを救ってやろうと、お祓いを買って出るのだ。

「あやかし好きなのでしょう。お考えになってみてくださいよ」

菊乃は言った。

薫は大真面目な顔つきとなり、

「八丁堀と言えば、町奉行所の与力、同心の組屋敷が軒を連ねているのやな。すると、町奉行所にまつわるあやかしや不思議ということやな……」

と、腕を組んで考えこんだ。

虎龍は菊乃と顔を見あわせて、ほくそ笑み合った。ふたりをよそに薫は、八丁堀七不思議について思案を続けたあとに語りだした。

「奥方はいるが殿方はいない……奥方だけの屋敷……ああ、そうか、寡婦となった与力か同心の組屋敷に、主が幽霊となって訪れる。主が幽霊となったのは、捕物で凶暴なる罪人に殺されたからでしょう。寡婦は主の無念を思い、幽霊の旦那を待ち続ける……すなわち、奥さまあって殿さまなし、というわけや」

どうだと言わんばかりの得意げな顔で、薫は語った。

「大外れ！」

嬉しそうに、菊乃は両手を打ち鳴らした。

薫は眉間に皺を刻み、

「武家の娘にしては、意地の悪いこっちゃ」

と、唇を尖らせて憎まれ口を叩いた。

「普段は素直なよい娘ですよ」

しれっと菊乃は自分を評した。

次いで、「奥方あって殿さまなし」の意味を説明しはじめる。

旗本、御家人に対する呼称は、家禄で異なる。

二百石以下の御家人は、「旦那さま」、千石以下の旗本は「殿さま」、千石以上は「御前さま」である。南北町奉行所の与力は二百石であるから、「旦那さま」と呼ばれる。

一方、旗本、御家人の女房は、二百石以下を「御新造さま」、二百石以上が「奥さま」であった。

ところで、南北町奉行所の与力は、大変に羽振りがよかった。町役人を務める商人に加え、各大名家の留守居役からの付け届けが多かったのだ。大名家は自藩の藩士が町人といさかいを起こした際、穏便な処置をしてもらうため、留守居役が与力に贈り物をしていたのだ。

練達の与力は家禄二百石ながら、実収入は千石と言われている。そんな与力に付け届けや挨拶をするのは、町奉行所ではなく八丁堀の組屋敷だ。与力は留守がちであるから、来客の応対はもっぱら女房がおこなう。

女房の応対いかんで、与力の力量も見定められる。したがって与力の女房は聡明で気配りができる、しっかり者ばかりであった。

町人たちは与力の賢い女房を尊敬し、「御新造さま」ではなく、「奥さま」と呼ぶのが習わしとなった。

「ですからね、与力は殿さまではないのに、女房は奥さま……つまり、奥さまあって殿さまなし、という八丁堀七不思議が語られるようになった、という次第でした」

菊乃は、にこやかに語り終えた。

あやかしを期待した薫は、拍子抜けの表情を浮かべ、

「不思議と言うより頓智噺やな。江戸の者は、そんなんでおもしろがっているの

かいな。殿さま、御前さま、旦那さま、どう呼ぼうと、好きにしたらええのや」

そっぽを向いてしまった。

不機嫌になった薫の機嫌を取るかのように、

「向島の北、鐘ヶ淵に、不思議な館があるそうですぞ」

と、虎龍は呪いの館を持ちだした。

「また、頓智噺かいな」

今度は騙(だま)されない、と薫は言った。

それを宥(なだ)めるように虎龍が、

「まあ、お聞きください」

と、菊乃に聞いた呪いの館について話した。

「……ほう、そら、おもしろそうですな」

機嫌を直し、薫は興味を抱いた。

「興味深いですな」

「いまは、主が不在なのやな」

「白川さま、ご自分の目で確かめたいのですね」

菊乃に指摘され、

「そらそうですわ。自他ともに認める今晴明としたら、この目で確かめんわけにはいかんわな。麻呂のお祓いであやかしに光をあて、魑魅魍魎を退散させてくれるわ」

薫は、おおいなる意気込みを示した。

「ではそのときは、お力添えをお願いいたします」

慇懃に、虎龍はお辞儀をした。

すると、奉公人が寺社役、藤島一平の来訪を告げた。虎龍が通せと告げてからほどなくして、裃に威儀を正した一平がやってきた。

一平は馬鹿丁寧に挨拶をしたあとに、

「揉め事が起きました」

と、不穏なことを告げた。

「揉め事……」

虎龍は首を傾げる。

「誰と揉めているのや」

薫が問いかけると、一平はすぐに答えた。

「南町奉行所です」

「へえ、そうかいな。そりゃ厄介やな。どんな揉め事なんや」

同情を寄せるような言葉をかけながら、その実、薫は好奇心満々だ。

「それが……どうにも困ったことになったのです」

まるで答えになっていない。

自分でも気づいたようで、一平は頭の中で整理してから、あらためて語りはじめた。

二

文政五年（一八二二）の正月十日、すなわち今朝のことである。

寺社奉行、結城大和守虎龍の家臣で寺社役の藤島一平は、本所一つ目橋近くにある浄土宗の寺院、宗念寺に呼びだされた。

寺社役は、神官や僧侶の犯罪や素行を調べる役目であり、寺社内で起きた犯罪の探索や興行を監督する、大検使という役目を兼務する。寺社役は、寺社奉行を務める大名家の用人、物頭、番頭といった上士から選ばれた。

茫洋で平目のような顔つきとあって、頼りなさそうな一平であるが、身分は上士、家禄は三百石である。

寺社役としての初仕事とあって、一平はおおいに張りきっていた。

宗念寺の使いの寺男は、緊急の用向き、とだけ伝えてきた。どんな用件なのか確かめようとしたが、住職さまから直接お話しいたします、とだけ言い置いて帰ってしまった。

何事か不明だが、ともかく訪ねようと、やってきたのだ。外出とあって、裃から羽織、袴に着替え、十手（じって）を帯に差すと、思わず身が引きしまる。

宗念寺の住職正連（しょうれん）が、山門で待っていた。山門の周囲には、人だかりができている。それを町方の同心、中間（ちゅうげん）が遠ざけている。

「やっと、大検使さまのお出ましだぜ」

同心は、南町の伴内丑五郎（ばんないうしごろう）と名乗った。

名は体（たい）を表す、の言葉を、これほど具現化している男も珍しい。牛のような巨体で、一歩も退かない鈍牛のような雰囲気も醸しだしていた。おまけに、日に焼けた真っ黒の顔は、太い眉と小さな目、大きな鼻と分厚い唇を備えており、睨（にら）まれたら女、子どもなどは泣きだしてしまいそうだ。

寺社役になっていなかったなら、生涯交わることのない手合いである。

――苦手だな、この類の男。

一平は内心でつぶやいた。

だが、臆してはならない、と気持ちを切り替え、

「寺社奉行、結城大和守さま家来、寺社役の藤島一平でござる。以後、よしなに」

と、胸を張って名乗った。

「住職さん、やっといらした大検使、藤島さまですよ」

伴内はまたも、「やっと」と皮肉たっぷりに付け加え、正連に告げた。

一平は正連を向いて用件を確かめた。

「じつは当寺で、首吊りがあったのです」

正連は亡骸に視線を向けた。

一平が顔を向けようとしたところで、

「邪魔だって言ってるだろう！」

伴内が怒鳴った。

どきりとして伴内を見ると、

「豆蔵、遠ざけろって」

手札を与えているらしい岡っ引に指図した。

豆蔵は伴内とは対照的に、小柄で丸顔、これまた名前を想起させる。身体つきどおりの、ちょこまかとした動きで十手を振りまわし、野次馬を追い散らしていた。

あらためて一平は、山門下でこんもりと人の形に盛りあがっている筵に視線を向けた。首吊り死体であろう。

正連は両手を合わせて経文を唱えた。

一平はかがんで筵を取り払おうとした。

すると、

「豆蔵、筵を取って差しあげろ。大検使さまに不浄なことをさせるんじゃねえ」

またしても皮肉たっぷりに、伴内が豆蔵に声をかけた。

「おっと、こいつはいけねえ」

亡骸のかたわらにかがみこみ、筵に手をかけた豆蔵を伴内が止め、

「大検使さま、首を吊った亡骸をご覧になったこと、ありますか」

真顔で問いかけた。

「ない……が」

一平は首を横に振って返してから、

「大検使と呼ぶのは勘弁してくれ」

と、ふたたび名乗り、「藤島殿でよい」と言った。

寺社役はともかく、大検使という役名は仰々しくて抵抗がある。

「これは失礼しましたね、大検……あ、いや、藤島さま。ご覧になったことがないんなら覚悟しておくんなさいよ。いや、いっそ見ないほうがいいだろうな。三日は夢に出てきますぜ。飯を食う気にもならんでしょうな」

脅しなのか親切心なのか、伴内は首吊り死体の惨たらしさを言いたてた。

「そういうわけにはいかん。役目なのだ」

「おれに任せてくれればいいですよ。山門の外は、門前町だ。町方の縄張りですからね」

伴内の言葉にも一理あった。

かつて門前町は、寺社奉行が管轄していた。

しかし、時代が進むと、寺の門前町は盛り場を形成するようになった。盛り場には、女郎屋がつきものである。幕府非公認の女郎屋、いわゆる岡場所は、門前町に多い。門前町の岡場所には寺の坊主たちが通うとあって、寺社奉行の大検使の監督、査察(ささつ)はゆるかった。

門前町にできるのは、岡場所ばかりではない。複数の飲み屋が店をかまえ、賭場が立つ。

賭場や岡場所を仕切るのは、やくざ者だ。加えて、江戸市中で悪事を働いた者たちが門前町に逃げこめば、町奉行所の追尾を逃れることができるとあって、それも問題となった。

やくざ者の取締り、罪人の追尾は、寺社方の役人では手にあまる。そこで門前町は、町奉行所の管轄になったのであった。

「なるほど、伴内殿が申すこともよくわかるが、やはり拙者も役目柄、亡骸を検めたい」

役目に対する使命感に加え、伴内丑五郎への対抗意識にも駆られた。

「そうですかい。なら、止めませんよ。後悔なさらなければいいんですがね」

伴内は合図のつもりか、顎(あご)をしゃくった。

豆蔵は軽く頭をさげると、

「いきますよ」

気遣いなのか、一平の反応が楽しみなのか、声をかけてから勢いよく筵を取り去った。正連が唱える経文の声が、ひときわ大きくなる。

「ううっ……」

思わず声が詰まった。

仏は女であった。

男だとばかり思っていたのは、迂闊である。

髪は乱れ、両目が大きく見開かれ、口も半開きで、まさしく苦悶の形相であった。

瞬きを何回かする間だけしか見ていないのに、臓腑がせりあがるような気がした。

嘔吐しそうになるが、仏への敬意と伴内の手前、ぐっとこらえる。横目に、伴内と豆蔵が顔を見あわせ、一平の様子をうかがっていた。

落ち着け、と自分を叱咤して、亡骸にもう一度、視線を落とす。

すると、首に縄が掛かったままなのに気づいた。縄の先は、亡骸の顔の横にあった。山門の梁からも、縄がぶらさがっている。

「首を吊った縄が切れたようですな。この荒縄、腐れ果てておりますぞ」

一平は正連に確かめた。

お経を唱えるのを止めた正連は言った。

「境内のどこかに捨ててあったのを、お仙さんは使ったのでしょう。あ、申し遅れましたが、仏は当寺の檀家のお仙さんです。気の毒に、三月前に旦那さんに先立たれました。旦那さんは重吉さんといって、大工でしたな。重吉さんを亡くされた悲しみで、首を括ったのかもしれませぬな……あ、いや、そう決めつけられませんが。お仙さんの亡骸は、小僧が見つけたのです」

払暁、小僧が境内を掃除した際に見つけた。夜でも山門を開いているそうだ。

「首を吊って縄が切れるものでしょうか」

一平は亡骸の周囲を見まわした。亡骸の横に、木の台があった。

「お仙はこの台にのぼって首を吊ったようだな」

ひとりごとのように、一平は推論を口に出した。

次いで、

「やはり、引っかかる。覚悟の首吊りをする者が、こんな腐れ果てた縄など使うものだろうか」

今度は、はっきりと疑問を呈した。

そこへ、

「こりゃ、十中八九、殺しですぜ」

伴内が言った。

一平はお仙の亡骸から伴内に向き、

「殺し、ということはお仙を殺した男が……いや、女かもしれぬが、殺した者がおると申すのか」

思いついたままを口に出してしまい、なんとも頓珍漢な問いかけをしてしまった。伴内に小馬鹿にされるだろうと思ったが、

「藤島さま、もうよろしいでしょう。あとは、おれたちに任せてくださいな。下手人を挙げてやりますぜ」

と、一平に返してから、

「おい豆公、ひさしぶりの殺しだ、気合いを入れていくぜ」

楽しそうに豆蔵に語りかけた。

すでに伴内は殺しと見なし、一平の出る幕ではないと決めてかかっている。

かちん、ときた。

一平には、意固地というか天邪鬼なところがある。伴内への反発心が、急激に募ってしまった。

「豆公、仏を近くの番屋に運び、まずは聞きこみをするぞ」

伴内が豆蔵に命じたところで、

「しばらく!」

と、伴内に声をかけた。

「なんです……」

おやっとなり、伴内は巨顔を向けてきた。

「寺で起きた殺しだ。正確を期するなら、殺しではなく変死だ。いずれにしても、この一件は寺社方の管轄である。よって、拙者が探索にあたる」

意外な一平の宣言に、伴内は太い眉を寄せ、

「なにをおっしゃると思ったら探索ですって……失礼ですがね、殺しの探索をやったこと、あるんですか」

と、小柄な豆蔵を見おろし、ふたりで笑いあった。

「ない」

嘘はつけない。

「素人はやめたほうがいいですぜ」

伴内が言う横で、豆蔵もうなずく。

「拙者、寺社奉行、結城大和守さまから寺社役を拝命した。素人ではない」

むきになって言い返すと、これは失礼しました、と伴内は巨体を折って、おおげさな仕草で詫びてから、

「なら言い直します。餅は餅屋ということですよ。それに、仏は山門の外に横たわっているんです。門前町は、町方の管轄ですからね」

これは正論だ、と伴内は主張した。

「いや、そうではない。首から上は境内にあるではないか」

負けじと、一平も言い張った。

「そりゃ、屁理屈ってもんですぜ」

伴内は譲らない。

一平も折れる気はなかった。

「と、まあこんな具合に、寺社方、町方、どちらが探索をおこなうのかで揉めたというわけでして」

頭を掻き掻き、一平は報告を終えたのだった。

三

「あんた、意固地になったらいけませんよ。殺しなんて面倒事にかかわりなさんな」

　真っ先に薫がくさした。

「はあ……」

　一平が頭をあげると、

「伴内という八丁堀同心の言うとおりや。殺しどころか、こそ泥の探索もしたことがないのやないか。意固地で、殺しの取り調べなんかするものではありません。下手人が挙がらなければ、仏は浮かばれませんよ。悪いことは言わん。いまからでも、やっぱり町方に任せますって、南の奉行所に行ってきなさい。だいたい、あんたはほんまに粗忽や。寺社役として先が思いやられるなあ……」

　薫の小言はとどまるところを知らない、と見た菊乃が話を遮り、

「白川さまのおっしゃるとおりですよ。下手人に罪を償わせてこそ、その女性も成仏できるのです。下手人をお縄にできなければ、魂がこの世を彷徨いますよ」

と、「恨めしや〜」と両手を前に出して、幽霊の真似をした。

これに勢いを得た薫が、

「藤島はん、あんた、首吊り女の怨霊に祟られるで。そうなったら、麻呂がお祓いしてあげるけどな」

なにやら意味不明の呪文を唱えはじめた。

言われ放題に言われ、一平はうつむいていたが、

「怨霊に祟られたのは、首を吊った女のようなのです」

と、顔をあげた。

「なんだと」

ここで、虎龍は関心を示した。

伴内と縄張り争いをしている間に、お仙が住んでいた長屋の住人がやってきたのだという。

「お仙は、一つ目橋近くの長屋に住んでおりました。住職が話していたとおり、三月前に大工だった亭主に先立たれ、それからは寡暮（やもめぐ）らしです」

なんでも生前のお仙は、亭主の幽霊が毎日のように出没する……と近隣の者に話していたそうだ。

「どうして亭主が、毎日出るのだ。なにか祟られるわけでもあるのか」

虎龍が問いかけた。

目が爛々と輝きを放っている。物の怪、妖怪、幽霊、祟り、冥界……あやかしには目がない虎龍である。不幸な後追いだと思われた一件が、亭主の幽霊話によって、不謹慎ながら虎龍好みの不思議な色に彩られたのだ。

「長屋で悪い噂が流れていたそうです。お仙は亭主の酒に毒を盛ったと」

お仙の亭主、大工の重吉は酒癖が悪く、酒が入るとお仙に乱暴を働いていたそうだ。

「気の毒ね……」

顔を引きつらせ、菊乃はお仙に同情を寄せた。

「ほんなら、重吉の幽霊が、お仙に首を吊らせたのかいな」

真顔で薫が問いかけると、一平が答える前に、

「ということは、下手人は、この世にはいないということなの」

菊乃が疑問を投げかけた。

「そういうことですわな」

当然のように、薫が答えた。

「死んだ亭主が、お仙に首を吊らせるはずはありません」

そこで一平が、強い口調で断言した。

薫がにこにこと笑いながら、一平にただす。

「馬鹿に自信があるようやな。わけを聞かせてもらいまひょか」

一平は薫を見返し、

「あの世とか幽霊とか祟りとか、拙者には信じられないのです……あ、いや、そうしたものがあるのかもしれません。でも、拙者は見たことがないのです。見たことがないものを、信じることはできません」

このときばかりは毅然と、持論を主張した。

「藤島はん、教えてあげるわ。幽霊とか祟り、それに物の怪というのはな、見るものやない。感じ取るのや」

こんこんと諭すように、薫は話した。

「感じ取るのですか……」

首を傾げる一平に、

「そうや。霊感というやつやな。麻呂は人よりも霊感が強いのやが、世の中には麻呂ほどではないにしても、霊感を備えた者はおる」

「拙者に霊感は……」

茫洋な平目のような顔で、一平は困惑した。

「あんたは……たしかに、霊感はありそうにないな」

薫は、一平がいかにも人として劣っているかのように、見くだした冷笑を浮かべた。

相手が公家では怒ることはできない。感情を押し殺して、一平は言い返した。

「拙者に霊感はないかもしれませぬ。それだけに、この世で起きたこと以外は理解できません。そして、お仙の首吊りは、この世で起きたことです。ですから、この世で落着(らくちゃく)させるべきです。御奉行、いかがでしょうか」

探索をするかどうか判断をくだすのは、薫ではなく虎龍だ。高貴な身分ではあるが、薫は部外者、悪く言えば野次馬に過ぎない。しかも、相当に口うるさい野次馬である。

決意のこもった一平の視線を受け止め、

「よしわかった。お仙の首吊りは、寺社方で取り調べよう」

虎龍は決めた。

「兄上、大丈夫なのですか」

菊乃が危惧したのに続いて、

「ほんまや。そんな風に安請けあいしてええんかいな。町方にだって意地というものがあるでしょう。虎龍さん、寺社奉行に成ったばかりやないか。町奉行はんと揉めんほうがええ。あんたかて、寺社奉行止まりのつもりはないやろ。老中へのとば口でつまずいたらあかんがな。松川備前守はんも期待してはるのや」

薫は宥めにかかった。

虎龍は小さく首を横に振り、

「これは、薫殿とも思えぬ正論ですな。わたしは、公儀の正道を行く者ではありませんぞ。寺社奉行に出仕した途端、早くもはぐれ者で通っております。いまさら、誰それと揉めようが気にはしませぬ」

すると薫は両目を見開き、

「そら立派なことや。信念で動きはるのやな」

と、感心してみせた。

「信念ではありませぬ」

ぴしゃり、と虎龍は否定した。

「ほんなら……」

　薫は、じっと虎龍を見た。

「野次馬根性ですよ。とくに、物の怪、祟り、幽霊、冥界、つまり、薫殿同様にあやかしとか不思議なものに惹かれます。もちろん、お役目にそうした私情を差しはさむ気はありません。格好をつけて申せば、真実を知りたい野次馬です。お仙の一件、果たして亭主の祟りなのかどうか、真実をあきらかにしたい。そのためには、町奉行殿と衝突するのも辞さない覚悟です」

　断固とした覚悟を示した虎龍だが、猛々しさはなく、意地を張っているのでもない。淡々とした口調であるが、それがかえって、虎龍の堅固な意志を物語ってもいた。

「これは寺社方の一件だ。よいな、一平」

　虎龍は一平に念押しをした。

「あの……御奉行、拙者を気遣ってくださらなくともよいのですが」

　いましがたの強い意志はどこへやら、一平は弱気になってしまった。

「藤島はん、あんた……ハラタツさん、いや、虎龍さんの決意を聞いていなかったのかいな。ほんま頼りないなあ」

　顔をしかめた薫に強い口調で責められ、一平はぺこりと頭をさげた。

「言葉が足りなかったようだな。お仙の一件、わたしのあやかしに対する野次馬根性のみで扱おうというのではない。この一件は、れっきとした寺社方の管轄なのだ」

確信に満ちた様子で、虎龍は言った。

「どうしてなのですか」

自分で寺社方の領分だと伴内に啖呵を切っておきながら、一平には迷いが生じているようだった。

「お仙の一件は、首吊りである。偽りの首吊りであってもだ。首は寺の内、胴体は外に横たわっておったのであろう」

虎龍は一平に確かめた。

「そのとおりです」

「であれば、首があるほうが管轄に決まっておろう」

虎龍は、にやりとした。

「ああ、なるほど」

納得して一平はうなずいたが、

「そんな頓智噺で、町方は引きさがるかいな」

薫は危惧した。

「引きさがってもらうさ」

虎龍の笑みに、不敵さが加わった。

「そこまで言うのなら、しっかりやりなはれ」

肩をすぼめ、薫は虎龍の考えに賛同した。まるで、お手並み拝見とでも思っているようだった。

四

明くる十一日は、好都合なことに評定所の式日、すなわち寺社奉行、町奉行、勘定奉行と大目付、目付といった、評定一座の寄合の日であった。

決意どおり、虎龍は評定所で、お仙首吊り事件を寺社方の取り扱いとした。首が寺の内にあったという屁理屈もさることながら、亭主の祟りだという虎龍の主張に、評定一座は引いてしまったのだった。

下城し、西の丸下にある結城家上屋敷に帰着すると、御殿に備えた寺社奉行用部屋で待っていた一平に告げた。

「まったく、寺社方だの町方だのの縄張り争いを、評定所で角突きあわせて吟味をするなど、笑止であるな」

語るうちに、ついつい、ぼやいてしまった。

「それがお役所というものでしょうか」

お疲れさまでした、と一平は虎龍を労った。

「おいおい、まだ終わったわけではない。それどころか、これからはじまるのだぞ」

虎龍の言葉に、一平は怪訝な顔をし、

「こののちのこと……つまり、お仙首吊りの一件に関する取り調べは、拙者がおこないます。調べが済みましたら、書面にてご報告申しあげます。御奉行には拙者の吟味具合を参考になさって、裁可（さいか）をお願い申しあげます。決して、御奉行の手を煩（わずら）わせるようなことはしませぬ」

それが、寺社奉行と寺社方の職分というものだ。

ところが、虎龍いわく、

「薫殿も申しておったが、そなたは本当に、わたしの話を聞いておらぬのう。わたしは申したぞ。あやかしに対する野次馬根性で、お仙首括りの一件を扱うのだ、と」

「ということは、御奉行みずからが、取り調べにあたられるのですか」

戸惑いと驚きを感じつつ、一平は確かめた。

「あたりまえではないか」

言葉どおり、当然のように返すと、虎龍は明日の昼、お仙が住んでいた長屋を訪れると告げた。

「では、お供をいたします。これは譲れませぬ」

断固として一平は主張した。

「好きにせい」

虎龍は応じた。

五

翌十二日の昼、虎龍は一平を伴い、お仙が住む長屋へとやってきた。

長屋の木戸に立ったところで、

「御奉行……そのお召し物は」

と、一平は虎龍の身形を、しげしげと見た。虎龍は、白地に極彩色で虎と龍を描いた、ど派手な小袖を着流している。小袖の前が虎、背中が龍だ。

「忍びの取り調べではないか。寺社奉行でござる、と出張るわけにはいくまい。駕籠に乗って、仰々しい行列を仕立てて取り調べなんぞできるものか。目立ってしかたがなかろう」

虎龍のいうことはもっともだが、役者と見間違えるような派手な身形とあっては、別の意味で目立ってしかたがない。

もっとも、こんな身形の侍を、寺社奉行さまと思う者はいないだろうが……。

まずは、木戸に掲げてある住人の木札を確かめる。路地をはさんで二棟の長屋が建ち並んでおり、お仙の住まいは右奥から二番目だった。

木戸から覗くと、九尺二間の棟割り長屋ではなく、住人によって広さが異なっていた。広めの家に住んでいるのは、青物屋、魚屋、搗米屋、飾り職人、建具屋などである。

大家の甚兵衛は、木戸を入ってすぐ右だ。

一平の危惧など、どこ吹く風、

「まずは大家の話を聞くか」

虎龍は軽やかな足取りで、木戸から長屋に入った。あわてて一平が案内に立ち、大家の家の前に立つ。

まだ正月の名残がある。門松は取り払われていたが、路地では子どもたちが、羽子板で遊んでいた。

素性と用件を告げて中に入ると、大家の甚兵衛は、虎龍の来訪に仰天していた。幕府の重職と直に接する畏れ多さと、寺社奉行が役者のような格好をしている戸惑いが、混じりあっているようだった。

ひたすら恐縮の体の甚兵衛に、

「なにも恐れることはない。このとおりの若造だ」

気さくに虎龍は語りかけた。

「は、はあ……」

ぺこぺこと頭をさげてから、甚兵衛は女房に、

「羊羹を出しなさい……厚く切るんだよ」

と、言いつけた。

続いて、火箸で火鉢の灰を掻きまわし、炭の火をさかんにする。

　気遣い無用だ、と虎龍は断ったが、甚兵衛は女房に羊羹を切らせて小皿に乗せ、お茶と一緒に虎龍と一平に出したところで、

「いくらなんでも厚すぎるよ。口に入らないじゃないか」

と、女房に文句を言った。

　たしかに小皿の羊羹は、二寸もありそうだ。

　甚兵衛の小言を、一平が、これでいい、と宥めた。

「ところでお仙だが、亭主の幽霊に怯えていたそうだな」

　いきなり虎龍は、あやかしへの興味による問いかけをした。

「そうなんですよ」

　甚兵衛は何度も首を縦に振った。

「どうして幽霊を見ていたのだ。理由がなければ、幽霊も出てはこないだろう」

　詳細は知らないふりをして、虎龍は問いを重ねた。

「そりゃ……これはあくまで噂ですがね、その、なんですよ」

　言いにくそうにしていた甚兵衛が、お仙が毒を盛ったからです、と言った。

「お仙が毒を盛ったと噂されるわけは、亭主、重吉の酒乱ぶりであったのか」

　なおも虎龍が確かめると、

「そのとおりです。重吉さんも、酒さえ飲まなきゃ、好い人なんですよ。人には親切、長屋での評判もいいんです。でもって、腕のよい大工でして。ま、その腕のよさが、裏目に出ていたんですがね」

重吉は腕がよく、なおかつ働き者だったそうだ。そのせいで、棟梁から可愛がられ、割のいい仕事をもらっていたのだとか。

「割がよいとは、手間賃が高いということだな」

念のため、虎龍は質した。

「そうです。普請先の評判もよくて、手間賃とは別に礼金を貰ったりしていたんですよ。ところが、なまじ、懐具合がいいもんですから、重吉さんはお酒、しかも上等の清酒を飲んだり、美味い肴を食べたりしたりするのが楽しみだったんですね。でもって、飲むと気が大きくなるんですよ。ま、大工仕事を寡黙に一生懸命やっていた分、酒を飲むと、溜まった鬱憤が出てしまうんですね」

毎晩のように、長屋には泥酔して帰ってきたそうだ。朝は仏、夜は鬼というのが、重吉であったのだとか。

「鬼になった重吉さんの相手をしなけりゃいけなかったんだから、お仙さんは地獄だったでしょうね」

お仙に同情する口調となり、甚兵衛は声を詰まらせた。

「そんな日に耐えられなくなって、お仙は毒を盛ったのか」

「そんな噂が……そんな噂が流れましたね……でもね、実際は重吉さん、火の見櫓から落ちて首の骨を折ってしまったんですよ。夜中に酔ってのぼって足を踏み外してね……それなのにお仙さんに毒を盛られたなんて噂が立ってしまって。お仙さん、本当に気の毒ですよ。そもそもお仙さんは……あ、いや、やめておきます」

ふと、甚兵衛の言葉が怪しくなった。

虎龍は一平を見た。

「どうした、なにか気になることがあるのか」

一平が問いただす。

「いえ……」

力なく甚兵衛は首を左右に振った。

「申してくれ」

一平は重ねて頼んだ。

迷う風であったが、甚兵衛は、見当違いかもしれませんが、と前置きをしてから語った。

「お仙さんは、それはもう重吉さんを好いていたんです。そりゃ、酒癖の悪さには、ほとほと悩んでいたんですがね、それでも……」

そこで甚兵衛は言葉を止めた。

「どうした」

「以前、お仙さんに言ったことがあるんですよ。別れたらどうだって」

「でも、お仙さんは別れる気はないって、きっぱりと拒(こば)んだんです」

「大家の務めか」

「重吉は金を稼ぐからか」

一平の問いは、甚兵衛には不愉快だったようで、顔をしかめて、

「そうじゃありません。なんて言いますかね、あたしゃ、女心なんていうのはよくわからねえんですがね」

甚兵衛は、頭の中を整理します、と言ってしばらくの間、思案をした。焦れったそうにうながそうとした一平を虎龍は制し、甚兵衛に任せるよう、目配せをした。

頭の中がまとまったようで、ようやく甚兵衛は語りだした。

「何度も申しますけど、重吉さんは普段はおとなしくて優しいんですよ。酒さえ飲まなければ……お仙さんは、優しさと荒々しさの差に惹かれていたんでしょうね。乱暴が激しいほど、素面に戻ったときの優しさが際立って……そんな落差に、お仙さんは心惹かれていたようですね」

「ふ〜ん、そういうものかな」

男女の機微は苦手だと言ってから、一平は虎龍に判断を求めた。虎龍も、わかるような、わからないような、奇妙な気持ちに駆られた。

「ならば、お仙は重吉の幽霊に出られて恐れていたのではなく、むしろ喜んでいたのではないのか」

好奇心を抱きながら、虎龍は問いかけた。

「そうなのですよ。重吉さんの幽霊を見た翌朝は、昨晩も訪ねてくれたって、お仙さんはあたしには喜んで話していましたよ。お仙さん、長屋の者とは、あまり付き合いがなかったですからね」

それから、誰言うともなく、長屋で噂が立った。

いわく、お仙は乱暴な亭主を毒殺し、殺された旦那に化けて出られている、と。

いつの場合も、人の不幸は格好の話題のネタになりやすい。

「単なる夢じゃないのかい」

いかにもあやかしを信じない、一平の苦笑であった。

甚兵衛は頭を振ってから、

「そうじゃないみたいなんですよ。お仙さん、うちの人が会いにきてくれたって、よく言っていましたからね」

「だから、夢を見ていたんだろう」

もはや一平はうんざり顔になり、取りあおうとはしない。

対して虎龍は、

「会いにきたとは、どういうことなのだ。そこをくわしく話してくれ」

と、おおいなる興味を示した。

亡き妻、百合が思いだされる。

一度でいいから百合と会いたい……。

真実、お仙が重吉の幽霊に会ったのであれば、自分も、百合と会う手立てがわかるかもしれない。役目に私情をはさまぬ、と薫や一平に言っておきながら早くも禁を破ってしまったが、どうにも我慢できなかった。

「どうやら目の前に現れたわけではなく、仏壇の位牌が裏返しになっていたんだそうですよ。それで亭主が来てくれたことがわかったって」

甚兵衛の答えに、

「仏壇の位牌……」

虎龍は首をひねった。

同時に、正直なところ、失望した。

あの世の百合との再会の手立てにはならない。役目への意欲が萎（な）えそうになったが、それでは寺社奉行失格だ。いや、寺社奉行への未練はないが、あの世の百合に顔向けができない。

虎龍が気を取り直したところで、

「ええ、あの仏壇なんですがね、お仙さんの家にあったんですよ」

甚兵衛は、奥を見た。視線の先に、黒檀（こくたん）の立派な仏壇がある。

「お仙さんは身内がいないんで、捨てたり売ったりするのは気が引けましてね、お仙せんと重吉さんの供養だと思って、わたしが引き取っているんです」

言いわけのように、甚兵衛は言い添えた。

虎龍はすっくと立ちあがり、仏壇の前に座った。平も続く。

燈明が灯され、重吉とお仙の位牌が供えてある。虎龍と一平は、両手を合わせた。

「立派な仏壇だな」

一平が言ったように、黒光りした黒檀のいかにも値が張りそうな仏壇で、甚兵衛には悪いが、長屋に置くには勿体ない……というかあきらかに場違いである。

そんな一平の心中を察したようで、

「こんな長屋には不似合いだと思っていらっしゃるでしょう」

甚兵衛が指摘すると、

「まあな」

うっかり答えてから、一平はあわてて、

「あ、いや、その、なんだ、つまり、火事になったらどうするんだ。こんな高価な黒檀の仏壇……大八車に乗せるのもひと苦労だし、持っていくのは大変だぞ」

言いわけがましく弁解した。

実際、江戸は火事が多い。小火まで含めると、江戸時代には千八百近くの火事が起き、大火だと四十九回を数える。大坂が六回、京都が九回だから、江戸の火事の多さがわかる。

取りたてて財産のない、長屋住まいの庶民は、焼けだされたら着の身着のまま、せいぜい布団を大八車に積んで逃げるくらいだ。

　大店の商人でもないかぎり、こんな立派な仏壇は猫に小判であろう。

「そんなことは百も承知で、お仙さんは買ったんですよ。お仙さんが重吉さんを愛おしく思っていたからです。さっきも申しましたが、重吉さんは腕のよい大工でしたからね、稼いでいたんですよ。店賃が滞ったことは一遍もないですしね、小金を溜めていて、壺に入れていたんです」

　亡くなったとき、壺には五十両あまりの金が残っていたそうだ。

　お仙はその金で重吉の墓を建て、仏壇を買ったのだった。

「だが、お仙は重吉を好いていたともとれるし、毒を盛って殺してしまったから、あ、いや、毒ではなく火の見櫓から突き落とした悔いと恐れで丁寧な供養をしていた、ともとれるのではないのか」

　意地の悪い一平の勘繰りに、甚兵衛は言葉を強くする。

「そんなら、重吉さんの幽霊が出たら、怖がりこそすれ、喜ばないんじゃないですかね。幽霊が出たって、お仙さんは、それはもう嬉しそうに言っていたんですから」

「芝居だったのじゃないのか」

なおも意地になって、一平は自分の意見を通そうとした。

「ですから、何度も言いますけどね、お仙さんは重吉さんの幽霊が出て、恐がっていなかったんですって。嬉しそうだったんですよ。ありゃね、決して芝居なんかじゃなかった」

一平の反論を封じるように、甚兵衛は芝居ではなかったと繰り返した。

気圧(けお)されるように、一平は口を閉ざす。

虎龍は理解を示すように甚兵衛にうなずき、

「それで、位牌が裏返るとは、具体的にどういうことなのだ」

と、尋ねた。

甚兵衛は腰をあげ、重吉の位牌を手に取るとお辞儀をした。

そのまま位牌の裏をこちらに向けて仏壇に置くと、

「朝になると、重吉さんの位牌がこんな具合に裏返っていたんだそうですよ」

と、言った。

「ほう」

虎龍はうなずく。百合の位牌が裏返ったことはない。

甚兵衛は続けた。

「朝、仏壇にお線香をあげるときに気づいたそうなんですがね」

「誰かが裏返したのではないのか」

またしても、一平は幽霊の存在を否定した。

「あのね、藤島さま、お仙さんはひとり住まいですよ。寝るときは、心張棒を掛けているんです。盗人だってね、夜中には入れやしませんよ。自慢じゃないが、あたしが大家のうちに、この長屋に盗人は入ったことなんかないんですから。あたしが長屋のみんなに、口うるさいくらいに戸締りと火の元の用心を呼びかけていますんでね」

誇るように言う甚兵衛に、

「それに、この長屋から盗む物なんかないだろうしな」

またしても一平は憎まれ口を叩いた。

甚兵衛がむっとしたのを、虎龍は宥めるように笑って、

「よくわかった。誰の仕業でもないのに、重吉の位牌が夜中のうちにひっくり返ったのだな。それが何度か続いた、と」

「そうだって言ってましたよ。お仙さん、最初のうちは気味悪がっていましたけど、だんだんと、亭主の幽霊が会いにきてくれているって、嬉しそうに言ってま

した」

あらためて虎龍は、重吉とお仙の位牌を見た。

もし、本当に幽霊の仕業であるのならば、百合も現れてくれないだろうか。

自分の祈り方が足りないのか。帰宅したら、仏壇を掃除してみるか。

「すると、位牌が裏返っているっていうのが、重吉の幽霊が出た印ということなのだな」

くどいくらいに、一平は確かめた。

「そうですよ。これ以上、たしかな証(あかし)はないでしょう」

どんなもんだ、というように甚兵衛は言い返した。

「そうかな」

納得がいかないのか、一平は思案をはじめた。

「ご意見があるんですか」

皮肉っぽく甚兵衛が問いかける。

「そうだ！」

と、一平が手を打った。

「なんです」

警戒心と不快感を抱きながら、甚兵衛は問い返した。

「鼠（ねずみ）だよ。鼠がひっくり返すんだ」

どんなもんだとばかりに、一平は声を大きくした。

だが、甚兵衛は鼻白（はなじろ）み、

「お仙さんは掃除を怠（おこた）りませんでしたよ。ましてや、大事にしている仏壇ですよ。毎日、何度も掃除をしていたんです。それにね、毎日、毎日、鼠が仏壇の中で走りまわるのですか」

と、もっともな反論をした。

「う～む」

すっかりと旗色が悪くなり、一平はうめいてしまった。

「寺社奉行さま、おわかりいただけましたでしょうか」

一平では話にならないと思ったようで、甚兵衛は虎龍に確かめた。

「重吉の幽霊についてはわかった」

若干の失望を隠しつつ、虎龍は言った。

百合の幽霊と会う手立てが見つからず残念だとは、とても言えない。

「殿、あ、いや、御奉行、幽霊なんか信じるんですか」

一平はむきになった。

「いまのところ、否定するだけの根拠はない」

遠まわしながら、虎龍は重吉の幽霊を認める発言をした。うなずく甚兵衛の横で、

「いまはどうなのだ。重吉とお仙の位牌は、ひっくり返っているのか」

不満そうに一平は確かめた。

「いいえ、裏返っていません。重吉さんとお仙さんは、あの世で幸せに暮らしているんじゃないですかね」

「そんな馬鹿な。まだ成仏もしていないのに、あの世で幸せなもんか」

なにが気に食わないのか、一平はむきになって幽霊を否定した。

「じゃあ、位牌が裏返ったのは、どう説明なさいますか」

ここにきて、甚兵衛もむきになったようだ。

一平はしばし思案ののちに、

「仏壇に絡繰があるのだよ。なんらかの仕掛けが施されているのだ」

もっともらしい顔で言いたてたものの、具体的な説明にはなっていない。

「絡繰りだの仕掛けだの、そんなことをおっしゃるのなら、どうぞお調べくださ

い」

　甚兵衛はうんざり顔で言った。

　一平は立ちあがり、仏壇の中を見まわすと、ごそごそと中の物を避けながら覗きこむ。

「ほんとにおやりになるとはね」

　呆れ顔で、甚兵衛は言った。

　くどいくらいに一平は調べたあとに、

「わからぬ」

　と、つぶやいた。

「得心なさいましたか」

「まあ、しなくはないな」

　それでもまだ悔しいのか、一平はもってまわった物言いをした。

「ところで」

　と、虎龍は話題を幽霊から離れさせた。甚兵衛は真顔になった。

「お仙に恨みを抱いている者に心あたりはないか」

「何度も申しますが、お仙さんは、それはもうできた女房でしたからね。長屋の評判はよかったですよ。酔っぱらいの亭主に尽くす、女房の鑑だとね」

心底からお仙を賞賛するように、甚兵衛は語った。

が、すぐにおやっとなり、

「ではお仙さんは、殺されたんですか。首を括ったんですよね。あの世から重吉さんがお迎えにきて、それであの世に向かったんだって、あたしは思いますよ」

甚兵衛は言った。

虎龍は無言である。一平がなにかを言おうとしたが、それを封じるように甚兵衛は続けた。

「それにね、裁縫の内職も、とても評判がよかったんですよ。お仙さんの仕事はきっちりしていて、絶対に遅れないってね……あ、そうだ。宗念寺で首を括った日も、ちゃんと内職先に裁縫した着物を届けているんですよ。木戸を閉めるちょっと前に、着物を届けに出かけていきました……いまにして思えば、内職先に着物を届けてから、宗念寺に墓参したんでしょう。お墓に、重吉さんが迎えにきていたんですよ」

殺されたのではなく、やはり、重吉に会うために自害したのだ、と甚兵衛は繰り返した。

「たしかに、金目あてとも思えぬしな」

一平はひとりごとのようにつぶやいた。

甚兵衛はそれを聞き逃さず、

「どうせ、貧乏長屋ですよ」

と、皮肉たっぷりに言った。

「よし、ではここらで」

虎龍が腰をあげると、甚兵衛は、ほっとしたような顔つきとなり、

「たいした、おもてなしもできませんで」

と、皮肉たっぷりに一平に告げた。

六

甚兵衛の家を出てから、一平が長屋の女房に聞きこみをした。女房たちはかかわりを恐れ、知りません、と答えるばかりであった。

「宗念寺に行ってみるか」

虎龍の言葉で、ふたりは長屋から宗念寺に向けて歩きだした。

するとと、

「おや、これは大検使さま」

と、伴内丑五郎が声をかけてきた。岡っ引の豆蔵を従えている。

伴内は、虎龍に視線を向けた。ど派手な小袖を着流した侍を、胡乱(うろん)なものでも見るような目になった。

「御奉行だ」

一平がささやいた。

「こりゃ、寺社奉行の結城大和守さまでいらっしゃいますか。これはこれは、おみそれしました」

おおげさに伴内は挨拶をし、

「将来の御老中さまだぜ」

と、豆蔵に言った。豆蔵はひたすらへいこらした。

「忍びだ。その辺にしてくれ」

虎龍が声をかけると、さっそく伴内は反応した。

「お仙殺しの探索ですか。御奉行さまみずからが探索をなさるとは、いやあ、畏れ入りましたよ。さぞや、見事なお取り調べをなさるのでしょうね」

いかにも心にもない世辞を、伴内は言いたてた。

それには答えず、

「そなた、お仙の一件が殺しだと見当をつけたそうだな」

虎龍が確かめると、

「ええ、ありゃ、一目瞭然でしたよ。殺しの探索をやり慣れた者の目には、ですがね」

誇るように伴内は言った。

「練達の八丁堀同心ならでは、ということか。なるほどのう」

虎龍が感心してみせると、一平は苦い顔をした。

「なんだ、拙者らが殺しの探索に戸惑っているのを、おもしろがっておるのか」

伴内はおおげさに頭を振った。

「なにをおっしゃいますか。おれたちだって、寺社方の役に立ちたいと思ったんですよ。縄張り違いだって知らん顔をするような、みみっちい料簡(りょうけん)じゃござんせんや」

「ほう、なにかネタをくれるのか」

笑顔を向けた一平に、

「まあ、なくはないですがね」

勿体をつけるように、伴内は横を向いた。

「……お教えしないこともありませんが、その、なんだ」

思わせぶりな言葉を、伴内は続ける。

「頼む」

ただただ頼ろうとするばかりの一平の横で、

「蕎麦でも食え」

虎龍は財布を、豆蔵に預けた。

豆蔵は米搗き飛蝗（ばった）のように頭をさげ、伴内に持っていった。

「御奉行さまはよくわかっていらっしゃる」

財布から一分金を一枚、取りだし、すばやく袖に入れた。豆蔵が財布を戻した
ところで、

「宗念寺の墓場を探ってみるといいですよ」

伴内は言った。

「そりゃ、どういう意味だ」

問いかける一平に、

「お仙は重吉の墓を、宗念寺に建てた。毎日欠かさず、墓参りしていたそうですぜ。晴れた日は墓石を磨いていたんですよ」

　それだけ言い残すと、伴内は豆蔵を連れて歩きだした。一平はそれを引きとめようとしたが、

「追わずともよい」

　虎龍は止めた。

「御奉行、伴内の奴、無礼にもほどがありますよ」

　どうやら、一平は伴内の態度に憤慨しているようだ。

「まあ、そう怒るな。ちゃんと、ネタをくれたのだからな」

「ネタなんかくれましたか。お仙の墓参りの話だけじゃないですか。それで、一分金も取っていって」

「宗念寺に行くぞ」

　虎龍は一平を待たず、足早に歩きだした。なおも一平は不満そうであったが、急ぎ足で虎龍のあとを追う。

「伴内め、いまに見ていろ」

　悔しさが募るのか、一平はぶつぶつと口の中でつぶやきながら歩いていた。

対して、虎龍は晴れやかな顔つきである。

「さて、墓参りでもするか」

虎龍は空を見あげた。


「住職の正連殿にお会いになりますか」

宗念寺に着くと、一平が虎龍に語りかけた。

「まずは、墓地に行こう」

虎龍は本堂に向かった。一平が小坊主をつかまえ、墓地と重吉、お仙の墓の所在を訊いた。本堂の裏手に墓地があり、重吉の墓はいちばん奥だという。

お仙が毎日墓参りしていたため、重吉の墓石は際立ってきれいだからすぐわかる、とも言い添えた。


墓地は全体に雑草が生い茂っていて、墓参りに訪れる者の少なさをうかがわせた。奥まで進み、

「とくに、きれいだそうですから……」

一平は即座に、

「ここです」

と、虎龍に声をかけた。

なるほど、磨きたてられた墓石に、虎龍と一平の顔が映りこんだ。墓石の周辺も、掃き清められている。当然ながら、重吉の戒名は刻まれているが、お仙のはまだのようだ。

虎龍と一平は墓石に向かって両手を合わせた。

それから周囲を見まわす。

墓参りに訪れる者とていない寒々とした墓地が広がるばかりだ。

「嘘をつかまされたのではないでしょうか」

ここでも一平は、伴内への不満を口に出した。

「そう簡単に決めつけるものではない」

虎龍は穏やかな口調でたしなめる。恐縮な顔で、一平は頭をさげた。

「この寺の檀家は、先祖を大事にしているようだな」

周囲を見まわした虎龍が言うと、

「と、おっしゃいますと」

一平は戸惑った。

「墓石がぴかぴかだ」

手庇（てびさし）を作り、周囲の墓石を眺めた。なるほど、日の光を受け、きらりと輝いている。

「おっしゃるとおりです。檀家が磨いているのですね。生真面目な者たちなのでしょう」

一平もうなずく。

しかし、

「真面目な檀家とは言えないぞ」

ニヤリと笑って、虎龍は一平の言葉を否定した。

「ええ……どういう意味ですか」

一平はまたも戸惑ってしまった。

「申したとおりだ」

けろりと虎龍は言ってのけた。

「はあ……」

「よく見ろ」

周囲を見まわす虎龍の視線を追いかけているうちに、一平にも言わんとすることとがわかったようだった。

「ああ、なるほど、墓石こそきれいに磨いてありますが、墓のまわりはいかにも荒れておりますな」

線香を供えていないどころか、雑草が生え放題だ。

「墓参りして、墓石だけ磨いていったのでしょうか」

数えてみると、そんな墓が七つあった。いずれも、墓石は磨いてあるが、墓のまわりの手入れはなされていない。墓参りに来たら、不信心な者でも程度の差こそあれ、掃除くらいするものだ。

お仙とは大違いである。

「おかしいですな。罰当たりな檀家が何人もいるということでしょうか」

「先祖を大切にする、信心深い檀家ではないのであろうが……いずれにしろ、墓石を磨いたのは檀家たちではあるまい」

虎龍は断じた。

「すると、お寺に雇われた誰かが、墓石を磨いているのでしょうか」

という自分の考えを、一平は、それもおかしい、と即座に否定した。

「違うだろう。寺が墓石を磨かせるなど聞いたことがない」

虎龍が言ったところで、正連が姿を見せた。一平が正連に、虎龍を紹介する。

一瞬、虎龍の派手な身形に正連は戸惑いの目を向けたが、両手を合わせて深々と腰を折り、

「庫裏でお茶の支度をさせます。どうぞ、おくつろぎください」

と、勧めた。

「お気持ちだけ頂戴しよう」

やんわりと虎龍は断った。

それでは申しわけないと、なおも正連は、庫裏で休息してください、と願ったが、

「役目中なのでな」

と、虎龍はふたたび断り、

「御奉行は、お仙の一件を取り調べておいでなのです」

一平が言葉を添えた。

正連は悲しげな顔をして読経をあげた。経文が途切れたところで、

「お仙のこと、気の毒であったな」

虎龍が語りかけると、

「まこと、お仙さんは亡くなられた亭主の墓参を欠かさない、とてもできた女房でしたな」

「亭主の墓石が、ぴかぴかに磨かれておりますな。それを見ただけで、お仙の亭主への情愛がわかる……それに比べて、周囲の墓たるや墓石だけが磨いてあるものがいくつか見られる。いったい、どのくらいの期間、墓参りしていないのかという墓ばかりだ」

虎龍に指摘され、正連は何度も頭をさげながら詫びた。

「なにも正連殿を責めておるのではない。先祖を大事にしない檀家にあって、七つの墓石は磨きたてられておる。しかし、墓の周辺は荒れ放題だ。これは、どうしたことだろうな」

虎龍が問いかけると、

「ここ最近なのですが、墓石を磨く者が現れるようになりました」

正連も認めた。

「何者ですか」

すかさず一平が問いかける。

「最初は、子どもの悪戯（いたずら）だと思っておりました。取りたてて、盗まれた物もなし。

それで、寺社方には届けませんでした。ところが昨日、南町の同心の伴内さんがいらして、宗念寺の墓の下に財宝が埋まっているという噂がある、とおっしゃったのです。なんでも、拙僧が住職になる前、そう、八年前に盗人一味が千両箱をいくつか墓の下に埋めた、という噂だそうです。盗人一味は火盗改（かとうあらため）に捕まったそうなのですが、逃げた者もいて……」

ようやくほとぼりが冷めたとみて、盗人一味の残党は、埋めた千両箱を掘りだそうとしたらしい。

ところが、どじなことに、どの墓の下に埋めたのかわからなくなった。ただ、墓碑銘だけは覚えていて、それを頼りに隠し財宝を掘りだそうとしているのだとか。

「ほう、この墓地に千両箱が……」

あらためて一平は、墓地を見まわした。

そこで虎龍は、

「そういうことか」

と、つぶやく。

「どうかなさいましたか」

「お仙は亭主の墓参りにやってきて、千両箱を掘りだそうとした盗人と鉢合わせたのだ。大家が申しておったであろう。お仙は裁縫した着物を届けた夜のうちに首を括った、と。お仙は内職も真面目に取り組んでいた、内職先に迷惑がかからないように仕事を終えてから、重吉のところに旅立ったのだとな」

虎龍の推論を受け、

「内職を終えてから墓参りに来たのだから、夜更けになったのですね。誰もいないと思っていた盗人どもは、驚いて口封じに出たということですか」

一平も納得した。

「咄嗟のことで、盗人どもは墓地に転がっていた荒縄で首を絞めて殺し、首吊りに見せかけたのだろう。しかし、荒縄は雨風にさらされて腐っていた。それで、ぷっつりと切れてしまったのだ」

虎龍が結論づけると、正連はため息を吐き、思案をめぐらせはじめた。

そんな正連に、

「ところで、お仙は毎日、墓参りに来ておったのだな」

虎龍は確かめた。

「そうでした」

「お仙は重吉の幽霊について、なにか話しておらなかったか」

「ええ、重吉さんが訪ねてくれると、それは嬉しそうに話しておりました」

正連は虚空を見あげた。

「住職殿はお仙の話を信じましたか」

虎龍が目を凝らすと、正連は視線を泳がせた。

「疑ったのですか」

虎龍はたたみこむ。

「……いや、そうではありませぬが、疑ったというのではないのです」

「と、おっしゃると」

「お仙さんが嘘を吐いているとは思いませぬ。嘘偽りなく、お仙さんは重吉さんの幽霊に会っていたと、心底から信じていたと思います。自分を慰めていたのでもないでしょう」

淡々と正連は語った。

「すると、どういうことなんですか」

一平が訊いた。

「お仙さんは嘘を吐いていなかった。拙僧が申したいのは、拙僧が幽霊を見たことも遭ったこともないという事実です。長い間、御仏に仕えながら、冥途に旅立った者たちとは会ったこともない……」

僧籍にある身として、それを正連は恥じているようだ。

次いで、

「とんだ生臭坊主(なまぐさぼうず)でございます。信心、修行が足りないのでしょう」

と、自嘲気味な笑みを浮かべた。

虎龍は正連を向き、

「ならば、僧籍にある者として寺を清められよ」

と、言った。

「承知しました。墓地を清掃します」

ふたたび恥じ入るように、正連は荒れ果てた墓地を見まわした。

なおも虎龍は続けた。

「ならば、清掃する期間、墓地への立ち入りを禁ずる旨を記した高札(こうさつ)を、山門前に立てなされ。清掃は昼夜を問わずおこなう、とも記すのだ。清掃をおこなうのは明後日十四日の暮れ六つ、とも案内されよ」

「は、はい」

承知したものの、正連は怪訝な表情となった。

正連の心中を察した一平が、

「盗人一味を誘きだすのですね。墓地の清掃が明後日の暮れ六つからはじまるのなら、明日の夜に墓石を磨きにきますよ」

「そなたも頭がまわるではないか」

虎龍は快活に笑った。

七

明くる十三日の晩、虎龍と一平は墓地にひそんだ。

虎龍は虎と龍を描いた小袖を着流し、一平は陣笠を被り、火事羽織に野袴という捕物装束に身を包んでいる。

「もっと人数を連れてくるべきではなかったのですか」

重吉の墓の陰で、一平は危ぶんだ。

「仰々しい捕物は必要ない」

虎龍はさらりと言ってのけた。

その言葉を受け、一平は気持ちを引きしめた。というより、初春の夜、風は身を切るようで、とても呑気になど構えていられなかった。

夜空を彩る寒月は恨めしいほどに美しく輝き、火の用心の声と野良犬の遠吠えがいっそう寒さを募らせる。この月明かりならば提灯がなくても、墓碑銘を確かめられるだろう。

こんな寒夜に、虎龍はよく小袖の着流しでいられるものだと、一平はいまさらながらに感心した。

時の鐘が夜五つを告げると、墓地に人影が現れた。

三人だ。

そろって黒覆面で顔を隠し、黒小袖に身を包んでいる。三人とも、桶を抱えていた。

「今夜中に見つけるぜ」

ひとりが宣言し、手分けして墓石に向かおうとした。

虎龍は一平をうながした。

一平は腰の十手を抜き、

「御用だ！」

と、怒声を浴びせる。

驚いたひとりが桶を落とした。ひっくり返り、水が飛び散る。

一平は盗人たちに向かった。

しかし、はじめての捕物とあって気負い過ぎたのか、足がもつれて転んでしまった。直後、一平は三人がかりで捕まえられた。

それでも虎龍は動ぜずに、ゆっくりと三人に歩み寄ってゆく。

「来るな！　こいつを殺すぞ」

ひとりが懐に呑んでいた匕首（あいくち）を取りだし、一平の首筋に向けた。

虎龍は口を閉ざしたまま抜刀し、大上段に振りかぶった。

「聞こえねえのか。こいつを殺すって言っているんだ」

もう一度、男は声を大きくして言いたてた。

耳に入らないかのように虎龍は腰を落とすと雪駄（せった）を脱ぎ、素足で地べたに立った。

次いで、おもむろに両足で凍てついた土を踏みしめた。凍土（とうど）がきょっと鳴る。

まるで、獲物を前に爪を研ぐ虎のようだ。

果たして、

「結城無手勝流、虎の剣！」

という虎龍の叫びは、悪党たちの耳には虎の咆哮に聞こえた。あたかも、小袖に描かれた虎が襲いかからんばかりだ。

叫んだとおり、まったくの我流剣法である。

三人は恐怖に慄いた。

虎龍は勢いをつけて跳躍した。

虎に跳びかかられた三人は悲鳴をあげ、逃げだそうとしたが、足がすくんで動けない。

虎龍は三人の前におりたつと、大刀の峰を返した。

次いで、三人の首筋に峰討ちを食らわせる。

すぐさま、三人は凍土に昏倒した。

翌々日、虎龍は一平とともに、お仙が住んでいた長屋を訪れた。

三人の盗人は、お仙殺しを自白した。盗んだ千両箱は、正連が探しだすのを請けあった。盗人を誘き寄せるための墓地の清掃、つまり高札に偽りありだったが、正連は本気で清掃をおこなうそうだ。

檀家の了解を得て、墓石磨きや周辺の草むしりや掃除、さらには墓を掘って仏の供養をおこない、千両箱を見つけだす、と張りきっている。

掘りだした千両箱から、虎龍は清掃費用を負担する約束をした。


さて、夜九つをまわった真夜中、お仙の家で、虎龍と一平は仏壇の前に座っていた。大家の甚兵衛に頼んで、お仙の家に運び入れたのだ。

しかも、虎龍の要望で、お仙が置いていた位置と寸分違(たが)わずに……。

「御奉行、重吉とお仙ふたりの幽霊が出るとお考えなのですか」

「それを確かめるのだ」

仏壇に安置されたお仙と重吉の位牌に、虎龍は両手を合わせた。一平も虎龍にならう。

「この世に幽霊なんていませんよ。あの世ならわかりますがね」

一平は日頃の持論を語って憚らない。

「ともかく、明け方まで待とう」

淡々と虎龍は言った。

「わかりました」

と、一平は正座をし直した。

虎龍は一睡もしなかったが、一平はときおり舟を漕ぎながら、時はゆっくりと過ぎ、暁（あかつき）七つを迎えた。

まだ夜明け前というのに、

「鐘が鳴るのかよお～撞木（しゅもく）が鳴るのかよお～、ズシン、鐘と撞木のよお～相が鳴る」

という掛け声とともに、なにかを潰（つぶ）すような、ズシン、という音が聞こえた。

はっとなった一平が周囲をきょろきょろとし、表に出た。

その間にも掛け声と音は続き、音が聞こえるたびに、仏壇の位牌が少しずつ動いた。ほどなくして、一平が戻ってきた。

「隣の搗米屋が仕事をはじめたのですよ」

一平の報告を聞き、

「重吉とお仙の幽霊がやってきたぞ」

やや失望した顔の虎龍は、仏壇の中を見ろ、と言った。

「ああ……」

ここにきて一平も、米を撞く拍子に、ふたつの位牌が動いている様を確かめた。

「米搗きの作業の振動で動いた位牌を、お仙は重吉の幽霊の仕業と勘違いしていたのですね……」

やはり、この世に幽霊なんぞいない。

「幽霊の正体見たり、枯尾花」

一平はそう言ったあと、

「……いや、お仙は死ぬまで、重吉の幽霊が会いにきてくれた、と信じていたんですね」

と、しみじみとなった。

「そうだ、お仙は間違いなく、重吉の幽霊と会っていた。きっと、朝に目を覚すのが楽しみだったのではないか。昨夜も重吉が来てくれた、と確かめるのがな。そして、いまごろはあの世でふたり、仲睦まじく暮らしているだろう」

そうあってほしい、と虎龍はふたりの冥福を祈った。

「あの世では、重吉も酒を飲んで乱暴を働いていないでしょうね」

一平も合掌した。

虎龍と一平が仏壇に目をやると、お仙と重吉の位牌はそろって裏返しになっていた。

腰をあげた一平は、裏返ったふたつの位牌を表に戻した。

「非業(ひごう)の最期を遂げたお仙だが、死ぬまで重吉の幽霊を信じていたのが、せめてもの慰めだな」

虎龍の言葉を受け、

「お仙は死を迎える瞬間、苦しみよりも亭主に会える喜びを感じていたのかもしれませんね」

幽霊、冥界などを信じない一平が、真顔で想像を口にした。

――百合、そなたがあの世から訪ねてくる際には、位牌を裏返さなくてもよいぞ……。

と、虎龍は亡き妻に、心の中で語りかけた。

第二話　魔性の小町

一

小正月も過ぎた二十日の夕暮れ近く、寺社奉行・結城大和守虎龍の家臣で、寺社役の藤島一平は、巡検先である新川の寺で奇妙な話を耳にした。

「新川の酒屋、岡崎屋さんのお婿さんが、また亡くなったのですな」

また亡くなったとは奇妙だ。人間、何度も死ねないだろうと思っていると、婿に入った男が立て続けにふたり死んだのだとわかった。

「そりゃ、そうだろう」

納得したものの、それにしても立て続けというのも謎めいている。一平は、件の岡崎屋に興味を抱いた。

つい、岡崎屋は祟られている、という気がしたが、

「馬鹿な……祟りなんて」

この世に祟りなんぞあるものかと否定した。

が、興味は薄れない。

婿に入ったというと、まだ若い男だろう。若い男が相次いで死んだとは、偶然にしては出来すぎだ。ただ、事件にはなっていないようだから、殺しではないのだろう。

それでも、こりゃ臭うぞ。

語っていた男を、一平は呼び止めた。月代を剃らないで髷を結う、いわゆる儒者髷、黒の十徳を重ね、薬箱らしき木箱を持っていることからして医者だろう。

年は四十なかばの角張った顔立ちだ。

「失礼ながら、岡崎屋の婿について、くわしい話を訊かせてくだされ」

一平は問いかけた。

突如として見知らぬ侍に声をかけられ、医者は戸惑った。

「唐突なる申し出、驚かれましたか……拙者、寺社奉行・結城大和守虎龍さまの家来で、藤島一平と申します」

医者の警戒を解こうと、一平は丁寧に挨拶をした。

医者は困惑の表情をゆるませ、

「わしは、新川二丁目で医者をやっております、小川草庵です。話と申しても、勝手ながらわたしは、寺社方のお役人とは馴染みがないので、お役に立てるかどうかわかりませぬが」

草庵は、一平が寺社方の役目として話を訊きたがっている、と思っているようだ。たしかに、見知らぬ役人に呼び止められれば、警戒心と不安や疑念が混じった対応になるだろう。

寺社方の役目ではなく、個人的な好奇心であることを伝えたほうがいいだろう。加えて、舌を滑らかにしてもらいたい。

一平は破顔し、

「一献、傾けませぬか……あ、いや、これはまた唐突な誘いですが。もう、そろそろ日も暮れる。往診がなければ、いかがです。それとも、酒は苦手ですか」

初対面の相手を酒に誘うなど、強引すぎたかと悔いたが、

「酒は百薬の長と申しますな。わしはあればあっただけ飲みますぞ」

強引な誘いながら、草庵が飲める、しかも、酒好きだとはわかった。

「それにしても、あればあっただけとは」

「要するに、持ちあわせている銭、金の分を、すべて飲んでしまうという次第です。一分金を持っていたら一分、三十文しか持ちあわせがなかったら三十文を飲み代に使ってしまう……ま、医者の不養生を絵に描いたような男ですな」

　草庵は自嘲気味の笑みを浮かべた。

「心強うござりますな。では」

　一平は目についた縄暖簾に足を向けた。


　小机で向かいあい、ふたりは腰かけ代わりの酒樽に座った。なにはともかく、燗酒を頼む。

　酒を待つ間、草庵は舌で唇を舐めたり、もじもじと腰を動かしたり、と落ち着かない様子だ。なるほど、「あればあっただけ飲む」というのがうなずける。

　ほどなくして、二合徳利が二本と猪口がふたつ運ばれてきた。一平は徳利を手にお酌をしようとしたが、

「手酌でいきましょう」

　断るや草庵は、二合徳利の酒を猪口に満たした。肴を頼もうとしたが、早く飲みたそうな草庵を見ると、一平も自分の猪口に酒を注ぎ、草庵と目を合わせると

口へ持っていった。

草庵は立て続けに三杯飲んでから、安堵の表情を浮かべた。

「肴は、なにがよろしいですか。お好きなものを頼まれよ」

もちろん、拙者の奢(おご)りです、と一平は言い添えた。平目のような顔を笑顔で包むと、お人好しな印象を与える。

「お気遣いはありがたいのですが、わしは指をしゃぶっても五合ぐらいは飲んでしまう、呑兵衛(のんべえ)です。藤島殿がお好みの肴を頼んでくだされ」

指をしゃぶる、すなわち、肴を食べないでひたすら酒を飲むということだ。

箸を割らない、というのを、江戸っ子は自慢としていた。

とはいえ、本当のところは、酒好きだが懐具合がよくない江戸っ子が、肴を食べる奴を野暮だとけなしているだけで、つまりは、江戸っ子の粋(いき)だと見栄を張っているのである。

声をかけたときは警戒心を抱いていた草庵だが、酒が入って緊張が解れたようで、口調が滑らかになった。

一平は、蛸(たこ)の足を焼いたもの、大根の煮付、それに草庵のためにするめを頼んだ。乾き物ならば、江戸っ子の粋にも反しないだろう。

もっとも、医者を江戸っ子と言うのは妙な気がするが……。

「岡崎屋の婿ですが……」

一平は切りだした。

「たまたまなのかもしれませぬが、解せませぬな」

草庵は真顔になった。

「婿が立て続けに亡くなったのですね」

一平が問いを重ねると、

「ふたりとも、わしが検死をしました。往診先の商家ですのでな……」

草庵は嘆(なげ)いた。

「申しわけないですが、具体的な話をお聞かせ願えまいか」

困り顔で一平が頼むと、「そうでしたな」と草庵は口を閉ざし、事実を整理してから語りだした。

新川の酒問屋、岡崎屋のひとり娘であるお美玖(みく)は、それはそれは美人だそうだ。

「新川小町」の二つ名も、誰もが納得なのだとか。

酒好きゆえ、酒問屋に往診に行っているのかと訊きたい気がしたが、話が横道に逸(そ)れるかもしれないので、そのことには触れずにおいた。

草庵はお美玖について、くわしく語りはじめた。

「お座敷の縁側で女中たちと歌留多なんかやっていますと、噂が近所に広まり、男連中はもちろんのこと、女だって見物に集まるのですよ。物見高い連中がいるものですな……じつに困ったものだ」

などと言いながら、草庵自身が真っ先に駆けつけるのだとか。

「お美玖が魅力ある女だとはわかりました。それで、どうしてふたりの婿が死んだのですか。ひょっとして、殺しの疑いがあるのではないのですか」

一平は探りを入れた。

「いや、殺されたのではありませぬな。ふたりとも、どこにも傷はありませんでした。もちろん、毒を飲まされたわけでもないですよ」

草庵は断定した。

医師が検死したのだから間違いないのだろう。いくら呑兵衛でも、検死のときは素面に違いない。

「では、ふたりの死因は……」

「わかりませぬ。突如として心の臓が止まったようですな」

首を左右に振り、草庵は小さくため息を吐いてのち、今度は岡崎屋について話した。

　岡崎屋の創業は、徳川家康公が三河の小領主であったころというから、まさに老舗中の老舗である。

「したがって、岡崎屋の暖簾や看板を、絶やすわけにはいかぬのですな」

　草庵は言った。

　岡崎屋がどのような酒問屋なのかはわかった。しかし、肝心の婿たちの死因は謎めいたままだ。

「ふたりの死に様は、どんな具合でしたか」

　冷静に一平は問いかける。

「ひとり目の婿は、それはもう男前でしてね……酒問屋仲間の若旦那だったんです。酒の商いにも通じているうえに真面目一方の男とあって、よい婿を迎えた、と主の門左衛門さんは喜んでおられました」

　夫婦になったときは、美男美女同士、お似合いの夫婦だと評判になったそうだ。お内裏さまとお雛さま、などと評する者もいたほどだ。

　それが半年ほどして、婿はぽっくりと死んでしまった。

「ぽっくりと、とは」

辛抱強く一平は問いかけた。

「眠ったままで、起きなかったのです」

原因はわからない、と草庵は困惑を深めた。

その半年後、二番目の婿入りがあった。

「この婿さんは、それはもう、頑丈って言いますか、まるで力士かってくらいの大きな身体だったんです。首を刎ねられても死なないような……そりゃ、首が刎ねられたら死んじまいますがね」

おっと、口が滑りました、と草庵は手で頭を掻いた。岡崎屋門左衛門の遠縁にあたるそうだ。

「その力士のような男も、ぽっくり逝ってしまったのですか」

「そうなのです。婿に入って三月ばかり経ってからです。昼寝をしていて、そのまま起きなかったのです」

うなずきながら草庵は答えた。

やはり、どこにも外傷はなく、毒を飲まされたわけでもなかった。もちろん、病を患っていたわけでもない。

「お美玖さんは不幸なことですな」

草庵は猪口の酒をごくりと飲んだ。それから思いだしたように、

「それで……近々、三人目の婿が入るのです」

と、言った。

「ほう、そうですか。ふたり目が亡くなって、どれくらい経つのですか」

「三月ほどですかな。門左衛門さんにすれば、連れあいに相次いで先立たれた娘を思って、一日でも早く立ち直らせたいという親心でしょうな。あ、そうそう、門左衛門さんのご新造、つまりお美玖さんの母親は、十年ばかり前に亡くなっています。門左衛門さんは、酒問屋仲間や親戚筋から後添いをもらうよう勧められたのですが、お美玖さんが大変に母親を慕っていたんで、男寡を通してきたのですよ。それだけ、ひとり娘を大事に育ててきたんですが、お美玖さんは十九の若き身空で寡になったんですから、なんとも気の毒です」

酒がまわったのか草庵は饒舌となり、燗酒のお替わりを頼んだ。

と、頼んでから、

「燗をつけなくたっていいよ。冷やで持ってきなさい」

女中を急かす始末。

替わりが届くまでのつなぎだと言って、一平は自分の徳利を勧めた。今度は草

庵は断るどころか、喜んで猪口を差しだして話を続けた。

三人目の婿は決まったのだそうだが、ふたりが立て続けに突然死したがために、婿入りを躊躇しているのだそうだ。

「三人目は何者ですか」

一平が訊ねたところで、二合徳利が届いた。

「ご直参なんですよ」

答えてから、草庵は猪口を呷って飲みはじめる。

「旗本……」

「ええ、直参旗本、小普請組の大峰平蔵さまの四男でいらっしゃいますぞ」

旗本の大峰平蔵兼元は、小普請組すなわち非役、五百石の家禄だそうだ。

四男となれば、部屋住み、つまり厄介者であろう。五百石の下級旗本、しかも非役とあれば、生活はあまり楽ではないに違いない。

門左衛門は、大峰家の借金を肩代わりする条件で、その四男、平四郎の婿入りを取り決めたそうだ。

「お侍なら、ぽっくり逝くことはなかろうって、門左衛門さんも期待していらしたんですよ。そして、なにを隠そう、平四郎さまの婿養子の話をまとめたのは、わしなのです」

　自慢げに草庵は、自分の顔を指差した。草庵は大峰家にも永年にわたって往診しているそうで、平蔵や平四郎とも懇意にしているのだとか。

「ですが、最近になって、お美玖さんには物の怪が憑いているんじゃないかって、そんな噂が広まったのです。つまりですな、男の寿命を吸い取ってしまう、それはそれは恐ろしい魔性の女だって」

　気の毒に、と草庵は繰り返した。

「魔性の女か……それはあまりな言われ方ですな。お美玖に罪はないのに」

　娘に同情を寄せる一平に、草庵は大きくうなずき、

「そうなのです。なんとかして救ってさしあげたい。医者の手にあまるゆえ、お祓いでもしてね。ああ、そうだ、藤島殿、寺社奉行さまのお役人なのですから、腕のよい祈禱師(きとうし)をご存じなのではないですか」

　草庵に訊かれた。

　腕のよい祈禱師とは、お祓いで禍を退散させた実績がある、ということなのだろう。寺社奉行は僧侶、神官にかぎらず、雅楽演奏者(ががくえんそうしゃ)、陰陽師、修験者、連歌師や芸能の民を管轄している。

祈禱師と聞き、一平の脳裏に、ある男が浮かんだ。

白川薫である。

安倍晴明の後裔を自認する薫ならば、喜んで引き受けるのではないか。

「知らぬこともない」

勿体をつけて一平が返すと、

「では、頼んでくだされ」

草庵は意気込んだ。

「それはかまいませぬが……まずは、岡崎屋の主人、門左衛門とお美玖に確かめる必要があるのではありませぬか。望まないのに、勝手にお祓いをするわけにはいきませせぬ」

一平が懸念すると、

「それもそうですね。よし、善は急げです。わしと一緒に行ってくださいよ」

よほど気が早いようで、さっそく草庵は腰をあげた。

「わかりました」

ここまで聞いて、知らん顔はできない。

しかし、酒を飲んでからの訪問は憚られる。明日にしましょう、と一平が言う

と、草庵は、

「わしは酔っておりませぬぞ」

と酔っ払いの常套句を返したが、酒の誘惑には勝てず、岡崎屋訪問は明日にして今日はとことん飲む、と腰を据えたのであった。

二

明くる二十一日の昼、一平は草庵の案内で、岡崎屋にやってきた。

昨夜、二升ほど飲んだにもかかわらず、草庵はけろっとしている。対して、一平は五合であったが酒が残り、頭がぼうっとしていた。

幸い、早春の肌寒い風が火照った頬に吹きつけ、二日酔いを覚ましてくれるようだ。新川には酒問屋が軒を連ねているが、三河以来の老舗とあって、岡崎屋には威厳が漂っていた。

「立派な店だな」

一平はしげしげと、屋根看板を見あげた。

真新しく葺（ふ）かれた屋根瓦（やねがわら）は日輪の光を弾き、屋根看板には、屋号の隣に『永禄（えいろく）

四年（一五六一）創業　東照大権現さま御用達』の文字が記されている。

「なんと申しても永禄四年創業……そう、桶狭間の合戦で東照大権現さまが今川の軛を逃れて、岡崎にお戻りになられた翌年ですぞ」

得意そうに草庵は言った。

思わず一平は屋根看板に両手を合わせてしまった。

草庵が挨拶をすると、手代はすぐに門左衛門を呼びにいった。

「草庵先生、ようこそ」

すぐに出てきた門左衛門は、草庵を歓迎した。ちらっと一平を見て、まずはお辞儀をする。小袖に羽織を重ねた門左衛門は四十二、三で、肌艶がよく、いかにも人あたりのよさそうな腰の低い男ながら、小太りの身体が老舗の貫禄を漂わせていた。

草庵が一平を、寺社奉行結城大和守さまの与力だと紹介し、

「藤島さまから、腕のよい祈禱師を紹介していただこうと、勝手ながらお願いをしたのです」

門左衛門とお美玖の意志を確かめにきた、と用件を伝えた。

「それはそれは……ま、どうぞ」

笑顔を絶やさず、門左衛門は一平と草庵を奥へと案内した。

店の裏手にある母屋の座敷で、あらためて門左衛門は挨拶をした。

「不幸が続いたのだそうだな」

一平は言葉を選び、遠まわしに確かめる。

「そうなのです」

門左衛門は顔を曇らせた。

「それで、お美玖殿は……」

「寝込んでおります」

という門左衛門の言葉を受け、

「気の毒に」

草庵は顔を歪ませた。

「まったく、どうしてこんなことになったのやらと……」

門左衛門は、ふたりの婿の死に困惑しながら、亡くなったときの様子を語った。

草庵から聞いたことと、違いはない。

突如、心の臓が止まったとしか言いようがなく、やはり死因は不明であった。

「ふたりとも、健康そのものであったのです。それが原因もなく……」

門左衛門は嘆いた。

「三人目は旗本であるとか」

一平が確かめると、

「ええ。草庵先生にお聞きになりましたか」

門左衛門はふっと目を下に逸らし、

「せっかく草庵先生の仲介で、平四郎さまを婿にお迎えすることになったのですが、正直に打ち明けますと、平四郎さまはどうも二の足を踏んでしまわれていたようで」

「噂に怯えた、ということだな」

一平が言うと、

「それでも侍ですかね」

草庵は嫌な顔をしてから、

「これは、無礼なことを言ってしまいました」

と、ぺこりと頭をさげた。

門左衛門は続けた。

「それで、お祓いでございますが、じつは手前もそれを考えておったのです。しかし、なにぶんにもお祓いというと、いかがわしいと申しますか……いんちきな輩が多いようでして」

岡崎屋には、連日のように祈禱師が押しかけてくるのだそうだ。

「なるほどな」

一平はうなずいた。

岡崎屋の婿の死は、祈禱師にとって格好のネタに違いない。

お祓いをして多額の礼金をせしめようという魂胆ありありの者が、我こそはと売りこんでくるのだろう。

「迷惑な輩が多いのです」

いかにも怪しげ、胡散くさい者たちが多いのです、と門左衛門は続けた。

「それでお美玖はかえって祈禱師に恐れをなしてしまいまして、祈禱と耳にしただけで顔が蒼ざめ、寝込んでしまったのです」

門左衛門はため息を吐いた。

「まったく……世の中、なんでもかんでも銭儲けに利用する輩が跡を絶ちませんな」

もっともらしい顔で草庵は言った。

次いで、

「ですが門左衛門殿。こちらの藤島さまに頼めば、ちゃんとした祈禱師をご紹介くださいますよ。寺社奉行さまお墨付きの祈禱師さまですから、間違いありません」

胸を張って草庵は太鼓判を押した。

「藤島さま、間違いのない祈禱師をご紹介願えるのでしょうか」

藁をもすがる様子で、門左衛門は確かめた。

「ふむ、そうだな……たしかに、金儲け目的のえせ祈禱師などではない」

白川薫に邪悪な欲はないが、それに代わって、異常に個性豊かである。

あの個性的な祈禱師に、心を病んだお美玖のお祓いを任せて大丈夫だろうか。

「わしが藤島さまに会ったのは、きっと神さま、仏さまのお導きですぞ」

草庵の言葉に、門左衛門もうなずき、

「お心あたりのある祈禱師を、頼んでいただけませんか。娘は、飯も喉を通らず、日に日に痩せ衰えています。命がなくなってしまうのです。女房を亡くして十年、男手ひとつで育てた娘、まさしく目に入れても痛くない愛娘でございます。加えまして、岡崎屋の看板にも、大きな影響がございます。畏れ多くも東照大権現さまの御用達になって以来の岡崎屋が潰れてしまっては、ご先祖さまに顔向けできませぬ。父親としても岡崎屋の主としましても……」

目に涙を溜め、門左衛門は本音を吐露した。

気持ちはよくわかる。嘘偽りのない心情であろう。

「承知した。ともかく、御奉行に話を通す。まずは待ってくれ」

引き受けてから、白川薫への不安を抱いたが、もう断れない。

ふと、白川薫は承知するだろうか、と心配になった。なにしろ、気まぐれで変わった男である。そのときの気分に左右されるのだ。

ただ、怪異、あやかし、祟り、不思議、などに異常な興味を抱くだけに、その好奇心が刺激されれば、一も二もなく承知してくれるだろう。

そうだ、今回の一件は薫好みのはずだ。それに、薫の祈禱師としての技量が発揮できるのではないか。

「ああ、そうだ。祈禱の場に、そのあらたな婿も呼んではどうだ」

一平は思いついた。

「それはよい。そうしたほうがいいですよ」

草庵も勧めた。

「そうですかな……」

門左衛門は迷う風だ。

重ねて草庵が勧めると、門左衛門も、

「たしかに、それもそうですな」

ようやく承知した。

「わかった。ならば、これから大峰平蔵殿の屋敷に向かおうか。平四郎殿の都合を確かめ、祈禱の日取りを調えようではないか」

一平の提案に、

「いえ、そこまでお手を煩わせることは心苦しいです。手前が大峰さまのご都合を確かめ、藤島さまにお伝えします」

門左衛門は丁寧に答えた。

「それがいいですよ」

草庵も賛同した。

大峰平蔵と平四郎のことが気にかかったが、門左衛門が言うように、祈禱の場に来てもらえばいい。

それよりも、このふたりの死の真相を知りたい。

それには……。

白川薫ではなく、結城大和守虎龍に乗りだしてもらうにかぎる。

しかし、寺社奉行たる虎龍を、市井のお祓い騒動に巻きこむのは気が引けた。

「どうなさいましたか」

不審に思ったか、草庵が訊ねてきた。

「いや、なんでもない」

あわてて一平は首を左右に振った。

三

その日の晩、江戸城西の丸下にある上屋敷の寺社奉行用部屋で、結城大和守虎龍は、藤島一平の報告を受けた。

虎龍の横には、白の狩衣に身を包んだ公家、白川薫が座している。従四位下の位階を持ち、朝廷の祭祀を司る神祇官のうち、神祇伯という最高官であった。

「お祓いか」

虎龍はつぶやき、白川薫を見た。

「任せなさい」

自信満々に薫は請け負った。

「よろしくお願いいたします」

一平は頭をさげた。

「では、さっそく新川の岡崎屋へまいるぞよ」

勇んで腰をあげた白川を一平が制する。

「まずは準備がございまして」

旗本、大峰平四郎立ち会いの必要性を訴えた。

「ふうん、めんどいことはあんたに任せるわ」

すでに薫の頭のなかは、悪霊退散のお祓いでいっぱいのようだ。

すると虎龍が、

「大峰家を訪ねよう」

と、言った。

「わざわざ御奉行が訪問なさるまでもありませぬ。拙者がまいります」

「いや、かまわぬ」

虎龍も今回の一件に、興味を抱いたようだ。それならばありがたい。

「では、ご足労をおかけします」

内心で安堵のため息をつきつつ、一平はお辞儀をした。


三日後の昼さがり、虎龍は一平を伴い、大峰屋敷を訪れた。

屋敷は岡崎屋からほど近い、新川一丁目の武家屋敷街の一角にあった。一平が訪問の断りを入れ、屋敷の中に入っていく。

客間に通され、虎龍は床の間を背負って座した。一平は部屋の隅で控える。

すぐに、当主の平蔵が姿を見せた。

鶴(つる)のように痩せた初老の男だ。

「大和守さま、ようこそおいでくださいました」

平蔵は丁寧に挨拶をした。

「藤島より、訪問の用向きはお報(しら)せしましたが……」

虎龍は確かめた。

「承知しております。岡崎屋に、わが四男の平四郎が婿に入る一件でございますな」

「いかにも……平四郎殿は、お美玖の婿が立て続けにふたり、不慮の死を遂げたことを気にして、婿入りを躊躇っておるとか」

虎龍が言うと、

「それは……」

大峰は答えづらそうに顔を歪めた。

「なに、恥じ入ることではありませぬ。お美玖に悪霊、物の怪が取り憑き、そのせいで婿になった男は命を落とす……と聞けば、誰でも嫌な気がするものです。そんな家へ、進んで婿入りしたいとは思わないでしょう」

虎龍は理解を示した。

「大和守さまにはお気遣い、まことにありがとうございます。このたびは、当家の懸念を鎮めるべく、御祈禱をしてくださるとか」

ちらっと、大峰は一平を見た。

一平は軽く頭をさげる。

「なんでも、京の都からいらした、大変に優れた祈禱師でいらっしゃるとか。平安の世の安倍晴明にも匹敵し、『今晴明』などと呼ばれていらっしゃるそうではないですか」

恐縮しながら大峰は言った。

おそらく、一平はおおげさに薫のことを吹聴したのであろう。

「まあ……そうだな」

虎龍は曖昧にうなずいた。

すると、大峰は意外なことを打ち明けてきた。

「倅が婿入りを躊躇っておるのは、悪霊を恐れておるのでも、死を恐れておるのでもないのです」

「ほう、そうなのですか」

虎龍は、おやっとなった。

「平四郎は、その……」

そこで大峰は言葉を詰まらせた。

「話しづらいようですな。だが、ぜひとも打ち明けてくだされ。むろん、他言無用といたす」

「それが……」

それでも、大峰は躊躇っている。

「どうしたのですか」

あくまで穏やかに、虎龍は問いを重ねた。

いまだ躊躇っていたようだが、ようやくのこと意を決して話しはじめた。

「養子入りの経緯について、息子は憤慨をしておるのです」

平四郎が養子入りすることこそが、門左衛門が大峰家の借金を肩代わりする条件である。

「そのことを知った平四郎は、屈辱を感じ、お美玖の婿となることを拒否しはじめたのです」

「いわば、自分が売られるとでも思い、屈辱を感じたのだな」

「もちろん、外聞(がいぶん)のよい話ではありませぬ。ただ、当家としましては、岡崎屋の申し出は咽喉(のど)から手が出るほどにありがたいのです。恥を承知で申しますが、武家だ旗本だと威張ってみても、先立つものがないことには暮らしが立ちゆきませぬ。我が家としては、ぜひにでも平四郎に婿入りしてもらいたいのです」

「そもそも平四郎殿は、商人に向いているのですか。あるいは、商いに興味を抱いておられるとか」

平四郎の身になって、虎龍は疑問を呈(てい)した。

大峰は苦い顔となり、

「商人には向いておらぬと思います」

武芸熱心で、剣術道場に通い、直心影流目録の腕前だとか。

「つまり、武士であり続けたいのでしょうな」

それもあって婿入りを拒否しているのだろう。

「ご指摘のとおりです」

「平四郎殿にすれば、岡崎屋に婿入りすること自体が、家の都合の無理強いというわけですな」

「それはそうなのですが……それでもどうにか、納得をしてくれたのです。というのは、岡崎屋は、商いの必要はない、すべては門左衛門と番頭が店の切り盛りをする、という条件を出してくれました。いわば、居るだけでよいのです」

言いわけのように、大峰は説明を加えた。

「それこそ、当人にしたら、馬鹿にされているようでありましょう」

虎龍は苦笑した。

「ただ平四郎にしても、実際問題、武家への養子入り先の見込みはありません。当人も、このまま部屋住み……はっきり申せばごく潰しになっておるのも気が引ける、と自覚しておるようです」

苦渋の顔で大峰は言った。

「御家のために、いったんは承知したものの、そもそも平四郎殿はこの婚姻に対して大きな不満を抱いていた。そこへきて、お美玖殿の噂を耳にし、心の均衡が崩れたということですか」

虎龍の言葉に、大峰は深くうなずいた。

「おっしゃるとおりです。おそらく平四郎も、当家の台所事情を考え、自分を騙しつつ過ごしていたのでしょう。だが、最近になって、お美玖殿の噂を耳にした結果、おさえていた思いが噴きだしたのやもしれませぬ」

「ところで、平四郎殿はどこでそのような噂を聞かれたのか」

虎龍が訊いたところで、

「御免」

と、若侍が廊下に控え、挨拶をした。

「平四郎殿ですか」

確かめる虎龍に、大峰は首肯する。

「入りなさい」

父親に声をかけられ、平四郎は静かに入ってきた。背はそれほど高くはないが、武芸で鍛えているだけあって、小袖の上からでもがっしりとした身体つきとわかる。武芸者らしい精悍な面差しが、頼もしくも感じられた。

平四郎は虎龍に挨拶してのち、

「お美玖殿のことは、道場で耳にしたのです」

と、打ち明けた。どうやら、話の流れを聞いていたようだ。

「くわしく、申してくれ」

どうやら平四郎は、通っている直心影流の道場の門人たちから、お美玖に関する話を聞いたらしい。

「婿が次々に命を落としたことを、おもしろおかしく語られ、そんなお美玖殿の婿になるわたしを揶揄（やゆ）したのです」

悔しそうに、平四郎は唇を噛んだ。その表情からは、苦悩が滲（にじ）んでいる。

やがて意を決したように、平四郎は虎龍に向き直った。

「ですが、武士たる者が承知したからには、断ることなどできませぬ。お美玖殿に物の怪が憑いていようと、臆してはなりませぬ。そのためにも、祈禱師のお祓いをお受けいたす。大和守さま、よしなにお願い申しあげます」

両手をついた平四郎は、すでに婿入りを決意していたようだった。

平四郎が承知したことを受け、一平が、お祓いの日程と段取りを調えることになった。

四

正月晦日、祈禱の日となった。

夜四つ（午後十時）虎龍は一平を伴い、岡崎屋にやってきた。

屋敷内の物置小屋が祈禱所とされ、白川薫が大張りきりで、あれやこれやと指図をしていた。

岡崎屋の奉公人たちとともに、一平もさんざんにこき使われた。

天井や壁、床を、薫が納得するまでぴかぴかに磨かされたのである。

四方の壁の掛け行灯の灯りが、小屋の中をぼんやりと浮かびあがらせている。

大きな祭壇が設けられ、米、水、塩、御神酒といったお供え物や、榊に紙垂をつけた玉串や御幣が供えてあった。祭壇と並んで護摩壇もある。

神仏混淆のお祓いだ、と薫は自慢した。

小屋の中に漂うよい香りは、四隅の香炉のせいだろう。

祭壇の前には、お美玖と思しき女と平四郎が、並んで正座をしている。お美玖は白小袖に紅の袴、髪を垂らすといった巫女のような姿である。これは、薫の指示だそうだ。

対する平四郎は、白の小袖に裃といった、いわば死に装束である。

小屋の隅で、門左衛門が心細げに座していた。

巫女姿のお美玖は、評判に違わぬ美人であった。新川小町の二つ名も決しておおげさではない。

平四郎が周囲を見まわして落ち着かないのは、お祓いへの不安に加えて、お美玖を近くで目のあたりにしたからだろう、と一平は邪推した。

勿体をつけているのか、薫はいまだ祭壇の前に姿を見せない。

門左衛門が、お美玖と平四郎に聞かせようというのか、声を大きくして語った。

「本日は、わざわざ寺社奉行さまがおいでくださいまして、恐縮の極みでございます。藤島さまからお聞きしましたが、お祓いをしていただく白川薫さまは、都のやんごとなきお公家さまでいらっしゃり、当代一流の祈禱師でもいらっしゃるそうで、物の怪、悪霊退散、間違いなしでございます」

そこへ、とうとう薫がやってきた。

黒の懐中烏帽子（かいちゅうえぼし）を被り、白の狩衣、目の覚めるような萌黄色（もえぎいろ）の袴を身に着け、両手に笏（しゃく）を掲げている。顔には白粉を塗り、墨で眉を描き、唇には紅を差していた。

途端に、小屋の中に雅な風情が漂った。

「ほんなら、はじめます。ハラタツさん、いや、虎龍さんも一平も岡崎屋も、出てゆきなはれ」

薫は笏を祭壇に供え、まずは護摩壇に向かって、

「サンダラサムハラ、サンダラサムハラ」

と、真言密教（しんごんみっきょう）を唱えはじめた。

一瞬にして、緊張の糸が張られた。これが結界（けっかい）というものか、と一平は薫の技量に感心して小屋を出た。虎龍と門左衛門も、静かに小屋をあとにした。

虎龍と一平、それに門左衛門は、母屋の座敷で祈禱が終わるのを待った。よけいな邪魔が入らぬよう、奉公人たちのほとんどは、深川にある寮で寝泊まりをさせている。

門左衛門の配慮で、食膳と酒が用意された。

酒を勧めてきたが、虎龍も一平も飲もうとはしない。さすがに、門左衛門も無理強いはしなかった。

しかし、ただ待つというのもつらいらしく、門左衛門は落ち着きがない。

たしかに、このまま夜明けを待つのも、忍耐を要するものだろう。それでも、娘に憑いた物の怪が退散することを期待し、門左衛門はときどき祈禱がおこなわれている物置小屋のほうを見やった。

娘を心配する父親の様子を前にし、一平も漏れるあくびを嚙み殺して、寝てはならない、と己を叱咤した。

虎龍は泰然自若(たいぜんじじゃく)となって正座をしている。

真夜中の静寂を破り、祈禱所と化した物置小屋からは薫の声が聞こえる。真言密教から、わけのわからない祝詞(のりと)だか呪文だかの文言が響いている。

ときおり、

「物の怪、退散！」

「悪しき霊よ、汝(なんじ)のおるところにあらず！」

「地獄の棲み処(すか)へ戻るがよい！」

などという、わかりやすい悪霊調伏(ちょうぶく)の絶叫がした。

だがそれも、時が経つにつれ耳慣れたものとなり、座敷には重苦しい空気が漂った。

そんななか、

「お祓いをしてくださる白川さまは、まことに凛々しく頼もしいお方ですな」

言うに事欠いてか、門左衛門は薫をさかんに褒めだした。はなはだ個性豊かな人物ではあるが、こういうときは一平とて薫に頼る気にもなる。

「今晴明との評判どおりのお方です。大船に乗ったつもりでおればよい」

一平は門左衛門の不安を取りのぞこうと、薫を手放しで褒め称えた。

「それはありがたいことでございます」

すがるような顔で、門左衛門は答えた。

「礼は、悪霊が退散してから申すべきであるぞ」

あくまで虎龍は冷静である。

「そ、そうでございますな」

ごもっともです、と門左衛門はうなずいた。

ふと、虎龍が尋ねた。

「ところで、物の怪が退散した証は、いかにすればよかろうな」

「そりゃ、婿が死ななくなったら……」

と、答えてから一平は首を傾げた。

なおも虎龍は続けた。

「婿が死ななくなったら、とは、いかに検証するのだ。大峰平四郎が婿入りをして何年も亡くならずに済めば……まあ、死因はさまざまだから、殺害、事故、火事などで死んだのならともかく、これまでのふたりのように原因不明の死を遂げなければ、お祓いは成功ということか」

門左衛門が答えに窮していると、代わって一平が答えた。

「そうですね、最低三年は生きてもらわないと」

「三年という拠りどころはなんだ」

重ねて虎龍は問いかけた。

「それは……その……石の上にも三年、と申しますので」

薄弱な根拠をごまかすように、一平は手で頭を掻いた。平目のような茫洋な顔が際立つ。

「なるほどな」

一応は納得するふりはしたものの、あきらかに虎龍は満足していないようだ。

次いで、門左衛門を見て、

「お美玖は、物の怪に取り憑かれたような様子を見せたことがあるのか。たとえば、狐が乗り移ったような言動をしたとか……突如、飛び跳ねたとか」

と、問いかけた。

「それは、とくにはないのです。ただ、虚ろな目をして、家の中に閉じこもるようになってしまったのですが……」

悲しそうに門左衛門は語った。

「それは気の毒ではあるが、婿ふたりに先立たれたがために憔悴している、とも解釈できるな」

またも冷静に、虎龍は評した。

「そうおっしゃられれば、そうです」

申しわけなさそうに、門左衛門は頭をさげた。

門左衛門を責めるようで気が引けたのか、虎龍は一平のほうに問いかけた。

「お美玖は物の怪に取り憑かれたのではなく、気の病なのではないのか」

一平が答える前に、門左衛門は、おやっとなった。

「そうとも言えるかもしれませんね……」

言いにくそうに答えた一平を、虎龍はなおも追及する。

「そもそも、おまえは、物の怪だの妖怪だの幽霊だのを、信じておらぬではないか。なぜ今回は取り憑かれたという話を信じたのだ」

「お美玖の不幸を思いますと、なんだか、そんな気がしてきまして」

申しわけなさそうに、一平はうつむいた。

すっかりとしょげてしまった一平をかばうように、門左衛門が言った。

「それでは、祈禱師ではなく、お医者を呼んだほうがよかったのですか……いえ、お医者には何度もお美玖を診ていただいたのです。藤島さまもご存じの小川先生以外のお医者さまにもです」

「医者はなんと申した」

虎龍は問いかけた。

「たしかにどのお医者さまも、身体に悪いところはない、気の病だ、とのお診立てでございました」

といって治す手立てもない。はっきりとした原因もわからない。それゆえ、魔物が取り憑いていると考えはじめたのだそうだ。

「ですが、いまさら白川さまに、祈禱を止めてもらうようには頼めませぬ」

困ったように一平は言った。

虎龍は苦笑し、

「では祈禱料は、一平が払うんだな」

「そ、そんな。白川さまは祈禱料だけは一流……それこそ安倍晴明並みだって話じゃないですか」

目をむいた一平が、抗議めいた物言いをする。

すると、言い方が気になったのか、門左衛門が心配そうな表情を浮かべた。

「あの……祈禱料だけは安倍晴明並みとは、実際のお祓いの腕のほうはどうなのでしょうか……」

「いや、もちろん、祈禱のほうも安倍晴明だ。間違いない」

あわてて一平は取り繕(つくろ)った。

「安倍晴明並みの祈禱料と申しても、晴明がいくらもらっておったのか、おまえは知っておるのか。それに、晴明のころから八百年も経っているのだぞ」

おかしそうに虎龍は笑った。

門左衛門もつりこまれるように笑い声をあげる。

ようやくのこと、座敷がなごんだ。

「とはいえ、お祓いもやっていただかないよりは、ましでございますよ。それによって気が休まることもございましょう。ご安心ください。祈禱料は手前がお支払いします」

　門左衛門は請け負った。

「かたじけない」

　一平は、ほっと安堵の表情を浮かべた。

「軽率な奴め」

　にやりと笑って、虎龍はお茶を飲んだ。

　どうやら、お祓いの意味があまりなさそうだとなって、一平は緊張感が解き放たれたのか、

「一杯いかがですか」

　と、虎龍に勧めた。

　虎龍は迷う風であったが、

「こうして朝まで過ごしておっても、手持無沙汰ではあるな」

　と、言いわけめいた言葉を口にして、杯で酌を受けた。

「お料理もどうぞ。お口に合いませんでしたら、お残しください」

門左衛門の口調も滑らかになっている。

「とんでもない。普段、口に入らないご馳走ばかりだ。遠慮なくいただく」

まず一平は、箸で蒸し鮑(あわび)を摘まんだ。


いつの間にか、白々(しらじら)空けとなった。

虎龍は座敷を出ると乳白色の空を見あげ、縁側で伸びをした。地平の彼方に帯状に広がる朝焼けが、今日も好天であると告げている。

一平は障子に寄りかかり鼾(いびき)を立て、門左衛門は腕枕で寝入っていた。祈禱所となった物置小屋は静まり返っている。

妙ちきりんな呪文や芝居がかった雄叫びが聞こえないところからして、白川薫も寝てしまったのではないか。

とすれば、いいかげんなものだ、と内心で苦笑をした。

すると、

「あ、いけない」

部屋から門左衛門の声が聞こえた。

戻ってみると、門左衛門が手で目をこすりながら、

「申しわけございません」

と、自分の頬を手で叩いた。

虎龍が障子をぴしゃりと閉めると、その拍子に一平も目を覚まして、

「おのれ、物の怪め……」

寝ぼけて立ちあがろうとした。

「物の怪などおらぬ」

虎龍は冷静に告げた。

一平は周囲を見まわし、あわてて詫びた。

「こ、これは、失礼いたしました」

「謝ることはない。祈禱師の大家も寝入っておられるようだからな」

虎龍は物置小屋のほうを見た。

「お祓いはうまくいったのでしょうか」

首をひねる一平に、

「寝入ってしまったとすると、少なくとも物の怪は出なかったようだな。それとも物の怪は退散したのか……それなら、薫殿のことだ。大威張りで、我らに告げにいらっしゃるだろう」

虎龍は小さく笑った。

と、そのとき、

「きゃあ！」

耳をつんざく女の悲鳴が聞こえた。

声は物置小屋……ということは、声の主はお美玖に違いない。

門左衛門は唇を震わし、一平は、

「お美玖ですよ」

と、騒ぎたてた。

虎龍は無言で物置小屋に向かった。一平と門左衛門も続く。

小屋の引き戸を、一平がすばやく開け放つ。

あぐらをかき、眠気まなこの薫が大きく伸びをした。お美玖は立ちあがり、唇を震わせている。その足元には、平四郎が倒れていた。

「なんや、どないした」

事態を把握していないようで、薫はあくびを漏らした。

「どうやら、お祓いは役に立たなかったようですぞ」

声をかけてから、虎龍は平四郎の脇に屈んだ。事ここにいたって寝起きの薫も、事態の深刻さに気づいたようだ。

表情を強張らせ、薫は平四郎の横に立った。

虎龍が平四郎の脈を確かめる。次いで、首を左右に振った。

「し、死んでいるんかいな」

恐るおそる、薫は訊いた。

「そうですな」

虎龍は淡々と返した。

と、お美玖が気を失った。虎龍は崩れそうになったお美玖を抱きあげ、

「寝かせたほうがよい。おぬしは医者を呼びにいってくれ」

と、門左衛門に声をかけた。

あわてて門左衛門は小川草庵を呼びにいき、虎龍はお美玖を抱いたまま寝間に向かった。

ほどなくして草庵が、物置小屋に姿を現した。まずはお美玖の具合を見る。

心労のため気を失ってしまったものの、いまのところお美玖は無事だという。

お美玖は母屋の寝間に移され、門左衛門と虎龍が、そばで付き添っている。

「……またか」

天を見あげて、草庵が絶句する。見張りの意味も兼ね、物置小屋には一平と薫がそのまま残っていた。

「さあ、そろそろ出ましょう。祈禱師さま」

一平が「祈禱師さま」の言葉をことさら強調し、薫をうながした。

しかし、薫は、

「いや、ちゃんと死因を確かめないではおられぬぞ」

無理にも武家言葉を使って、動こうとしない。

「そんな……検死の邪魔でしょうが」

一平は草庵を見た。

「まあ、集中できんですな」

いかにも迷惑そうに言いながら、草庵は平四郎の着物を脱がせようとした。

「ほら、白川さま、検死の邪魔ですって」

ふたたび一平は薫をうながした。

薫は立ちあがったものの、

「いや、麻呂も平四郎の死因を確かめる。それがお祓いをした者の責任だ」

と言い張った。

「平四郎は死んだのですから。ここは祈禱師ではなく、お医者に任せるべきですよ」

「あんたもわからん男やな。麻呂も確かめるのや」

断固として薫は引かない。

「いいえ、いけませぬ」

こうなったら、こっちも意地だと言わんばかりに、一平は主張した。

「あんたは、引っこんでいなさい。これは命令ですぞ」

ついに薫は、公家の権威を示すまでになった。

ここで見かねたように、草庵が口をはさんだ。

「まあまあ、そこまでおっしゃるのならば、よいでしょう。ただし、決して気持ちのよいものではありませんぞ」

草庵が承知したのを見て、やおら薫は胸を張り、一平に向かって毒づく。

「ほら、みてみいや、草庵さんも麻呂を頼りにしておられるのや」

薫と一平が言いあいをしている間に、草庵は平四郎を下帯ひとつにしていた。

なるほど、武芸で鍛えた身体は鋼のようなで、胸板も分厚い。そんな頑強な身体ながら、不慮の死を遂げてしまったのである。

草庵は亡骸をつぶさにあらためた。

「どこにも傷はないな」

後ろから見ていた薫が、確かめるように言った。

「そうですな」

草庵が同意すると、

「毒を盛られてもいない」

薫が言い足した。

一平が尋ねると、

「おわかりになるんですか」

「昨夜はいっさいの飲食をしなかったのや。毒が盛られるわけはないな」

薫の言葉を草庵は引き取り、

「毒を飲まされたのなら、こんな安らかな顔ではない。まず、咽喉あたりは掻きむしられ、着物も乱れるものだ。それに、吐瀉物(としゃぶつ)もない。毒ということは考えられないな」

医者らしい診立てをした。

「わかったかいな」

得意そうに、薫は胸をそらした。

「毒殺でもない、刺されたんでも斬られたのでも……」

ここで言葉を止めてから、一平は亡骸の首に視線を落とした。

「首を絞められたわけでもないですな」

「そういうことや」

これには、薫も異をとなえなかった。

「じゃあ、どうして亡くなったんですかね」

一平は当然の疑問を呈した。

薫は顔をしかめながら、

「だから、物の怪の仕業なのだよ。わからんかなあ」

「ということは、白川さまのお祓いは失敗したということですね」

一平に指摘されるや、

「失敗とはなんや。麻呂のお祓いが失敗するわけはない」

心外だとばかりに薫は言いたてたが、

「物の怪に取り憑かれて、平四郎殿は亡くなったのではないのですか。お祓いの甲斐もなく、ですよ」

一平の口調も、つい責めるようになってしまう。

さすがに薫も言葉に詰まり、横を向いてしまった。

「先生、死因はなんでしょうな」

あらためて、一平が草庵に訊いた。

草庵は悩ましそうに顔を左右に振り、

「わかりませぬ。それこそ、物の怪の仕業だとしか思えぬ……医者としては、無責任なものですがな」

「これまでに亡くなったおふたりも、同じような死に様だったのですな」

念のために、一平は確かめた。

「そうじゃな。まさしく、同じような死に様であった。となると、ますます魔物の祟り、ということになってしまいますな」

「……にわかには信じられませぬな」

一平がため息を吐いたところで、

「次はしくじらぬぞ」

気を取り直したのか、薫が毅然と言い放った。

「お美玖が次に迎える婿のとき、ということですか」

呆れたように一平は問いかけたが、

「そういうことや」

悪びれずに薫は答えた。

五

お美玖を寝間で寝かしつけると、虎龍は門左衛門に頼んで、大峰屋敷に使いを出させた。

「やはり、お美玖には物の怪が取り憑いているのでしょうか」

わなわなと唇を震わせながら、門左衛門は問いかけた。

「物の怪か……」

虎龍には、あの世、冥界、極楽浄土があるかないかを含め、よくはわからない。

「大峰さまに申しわけが立ちませぬ」

門左衛門は肩を落とした。

虎龍が黙っていると、

「それにしましても、お美玖も不憫でございます。どうして、お美玖が物の怪に取り憑かれ、魔性の女などと呼ばれなければならないのでしょう。こうなったら、お祓いをしてもらって……あ、そうか、お祓いも駄目だったのか」

門左衛門は頭を抱えたが、虎龍とて薫を責められない。むしろお祓いに頼った自分の無力さを、虎龍は責めたてた。

やがて、一平と薫がやってきた。

一平が、平四郎の検死の様子を語った。

「つまり、外傷も毒を盛られた形跡もないんですよ」

報告を聞き終えたところで、虎龍は薫に尋ねる。

「白川殿、昨夜の祈禱の様子を語ってくれぬか」

「うむ」

薫も薫なりに、挫折感を味わっているようだ。

しかし、立ち直るように顔をあげると、はきはきとした口調で語りだした。

虎龍たちが出ていってからも、当然ながら薫は祈禱を続けた。

丑三つ刻には、ひときわ気合いを入れたという。

「麻呂はな、お祓いが成功したと思った。悪霊が退散した、と確信したのや。ほんで安心したのやな」

いつの間にか、お美玖と平四郎はまどろんでいた。その穏やかな表情を見ると、より安堵したのだとか。

「お祓いは成功したのや」

薫は繰り返した。

「しかし、平四郎は死んだ」

乾いた声で虎龍が告げると、薫は黙りこんだ。

沈黙を破るように、門左衛門が嘆いた。

「いったい、お美玖はどうなるのでしょう。まことに、取り憑いた物の怪は退散したのでしょうか」

虎龍は冷静に言った。

「平四郎の死因がはっきりすれば、お美玖に取り憑いた物の怪が退散したのかどうかもはっきりとする」

すると一平が疑問を投げかけた。

「お言葉ですが、平四郎殿の死因は医者にもわかりません」

「医者でわからなければ、祈禱師ならわかるのではないか」

皮肉ではないぞ、と虎龍は言い添えた。

薫は嫌な顔をしたものの、祈禱師の意地なのか、

「わかっておる。お美玖に取り憑いた物の怪が平四郎に取り憑き、麻呂のお祓いによって、平四郎とともに滅んだのだ。よって、物の怪は退散した。平四郎には気の毒なことをしたが、お祓いは成就したのだ」

まことに都合のよい理屈を展開した。さすがに門左衛門も納得できないようで、顔を曇らせたまま、

「では、お美玖はもはや物の怪に取り憑かれてはいないのですね」

と、強く念を押した。

「心配ない」

持論を展開した以上、引き返せないようで、薫は自信たっぷりに答えた。

虎龍は一平に、

「傷も毒の跡もないことは、たしかなのだな」

と、念押しをした。

「間違いありません」

草庵とともに確かめたのだから、と一平も自信満々に答えた。

「繰り返すが、物の怪はすでに滅んだのだ。平四郎には気の毒だったが、婿としてお美玖を守ったと考えれば、平四郎も浮かばれるぞ」

薫の言葉を聞いても、虎龍は素直に納得がいかない。

果たして、平四郎はそれで満足したであろうか。

いや、平四郎はお美玖の婿になることを嫌がっていたのだ。自分が魔物に取り憑かれて命を落とすなど、微塵も思っていなかったに違いない。

そのことだけは、たしかだ。

そこへ、大峰平蔵の来訪が告げられた。

門左衛門は腰をあげて、大峰を迎えるべく玄関に急ぐ。

虎龍たちはひと足先に、物置小屋へと向かった。


物置小屋に姿を見せた大峰は、祭壇の前に横たわる平四郎の亡骸と対面した。

すでに、草庵が着物を着させている。

「平四郎……」

大峰は唖然となりながら、平四郎の亡骸の脇に、すとんと腰を落とした。

「なぜ……まさか、魔物に取り憑かれたのでござるか」

半信半疑の様子で、大峰は虎龍に問いかけた。

「一見して、魔物に取り憑かれたようであるが、そうとは決められない」

答えがわからないため、虎龍の言葉も曇ってしまう。

門左衛門が土下座をした。

「本当に申しわけございません」

だが、意外にも大峰は穏やかな表情を浮かべた。

「そなたが詫びることではない。そなたが殺したのではないのだからな」

「ですが、婿入りをお願いしなければ、こんなことにはならなかったのです」

門左衛門は、腹の底から声を振り絞った。

「借金の肩代わりをしてもらったのだ。わしが文句を言えた義理ではない。むしろ、息子を借金のかたにした、不届きなる父親である」

感情を押し殺し、大峰は述べたてた。

「じつは手前は……このお話を嫌がる平四郎さまに、お金を渡したのです」

言いづらそうに、門左衛門は告白した。

「それは……大峰家の借金の肩代わりとは別にか」

初耳だと、大峰が訝しんだ。

門左衛門がちらりと見やると、代わりに草庵が、

「平四郎さまは、お金に困っていらしたのですよ」

と、意外なことを言いだした。

「平四郎が……」

ますます、大峰は混迷した。

「どういうわけかは存じませんが、平四郎さまは金子三百両が必要だとおっしゃっていたんです」

「三百両じゃと……なぜ、あいつがそのような大金を」

「さあ、わしにはようわかりません。ただ、三百両があれば岡崎屋への婿入りを承諾してもよい、とおっしゃったんです」

「その三百両、用立てたのか」

大峰は、門左衛門に問いかけた。

門左衛門は申しわけなさそうな顔でうなずき、

「三百両を用立て、草庵先生に渡しました」

「わしは受け取ってから、すぐに大峰屋敷に届けました」

「いつだ」

「殿さまの往診にあがった際です」

草庵が答えると、

「五日前か……ああ、そうか、草庵殿が往診にいらしてから、平四郎は婿入りを承諾したのだったな。その三百両が手に入ったからなのだな」

大峰は納得をした。

「金子の使い道が気になりますね。もっとも、平四郎さまの死因とは無関係でしょうが」

そこで一平が口をはさんだ。

「申したように、わしは知らぬ。ただ、三百両が必要だ、とだけ思いつめたような顔でおっしゃったのです」

草庵が繰り返すと、一平は両手を打ち鳴らした。

「男が陥(おちい)るのは、酒、女、博打(ばくち)ですよ。大峰さま、平四郎さまは、そっちのほうはどうだったのでしょうね」

「平四郎は、武芸ひと筋の男であった。遊びの影などは……」

否定はしたものの、大峰も確信が持てない様子であった。

「しかし、一見して真面目な男が、案外と博打に溺れる、ということは、よくある話です」

自信いっぱいに、一平は言いたてた。

「いや、平四郎にかぎって」

重ねて大峰は否定したが、なおも一平は訳知り顔で言い募る。

「そのかぎって、というのが危ないのですよ」

だが、茫洋とした平目のような顔が際立って、なんとも説得力に欠けた。

そのせいか、

「そういう理屈で問われれば、抗弁できぬが……」

大峰は不満そうだ。

ここで草庵が、思いだしたように言った。

「そういえば、往診から出たところで、性質の悪い男たちがお屋敷のまわりをうろうろとしておりました」

男たちはやくざ者のようだったそうだ。

「なんでも、屋敷の誰ぞに金を貸しているとかなんとか……」

草庵が言い添えると、

「ほら、これで決まりですよ。平四郎さまは博打にはまって、三百両もの借金を背負ってしまわれたんですよ」

一平は断じた。

平四郎は、博打で作った借金が重荷となっていた。そこで、岡崎屋への婿入りの条件に、三百両を用立てることを加えた。

一応、金子の用途に関しては、筋は通っている。

「これで、わからないことは死因だけとなりましたな」

自分の推論どおりの展開を、一平は誇った。

「それがもっとも重大……いや、唯一無二の大事なことではないのか」

虎龍に指摘され、

「ごもっともです」

途端に、一平はしおれた。

六

結局、大峰平四郎の死は、いまだ多くの謎を残したままであった。

お美玖は依然として、家にこもりきりである。

事ここにいたって、読売はさんざんに、お美玖を魔性の女だと書きたてた。

月が替わった如月三日、虎龍は、薫の訪問を受けた。

さすがに薫もいつものように大言壮語することなく、おとなしい。

「麻呂は無力であったのかもな」

薫らしくない反省の弁が、いっそ憐れでもあった。

「薫殿はまことに、魔性の仕業と思われるのですか」

虎龍の問いかけに、

「そう、思わざるをえない」

薫は小声で答えた。

「物の怪、魔性が取り憑いたか……いにしえの西洋では、魔女狩りがおこなわれたそうですな」

虎龍が言うと、これまた元気なく薫は語った。

「魔性の女と名指しをされ、ろくな吟味もおこなわれずに火炙りにされたとか。無残なものや。人は時に、恐ろしく残忍になれるのやな」

「お美玖が心配ですね」

虎龍がお美玖に話を戻すと、

「麻呂がお祓いを……」

と、言いかけて薫は口を閉ざした。やはり、己が無力を自覚しているようだ。

「きっと、あきらかになっていない事実があるはずです」

「それは、虎龍さんにはわかりますか」

「それをいま考えているところです。なにか、きっと隠されている」

虎龍は遠くを見るような目をした。

そこへ、藤島一平がやってきた。

「なにかわかったのかいな」

考えに耽（ふけ）る虎龍の代わりに、薫が問いかけた。

「大峰さまのお屋敷に行ってきたのですが、ちょっと、思いもかけない物を受け取ってきました」

意外なことを、一平は報告した。

「なんや」

「それが……これなのです」

一平は懐中から、文の束を取りだした。

大峰平蔵から受け取ったもので、平四郎の寝間にある小机の文箱に残っていたのだそうだ。

　薫は文を読もうとしたが、遠慮して虎龍が目を通すのを待った。

　十通ほどの文は、すべて品川の遊郭の遊女から送られてきた。

「お鶴という遊女からの文だな。平四郎は、品川の遊郭に通っておったのか」

　言いながら虎龍が文を渡すと、薫も貪るように読みだした。

「となると、この女を……」

　虎龍が言葉を発しようとしたところで、
　一平が、

「すでに、お鶴に会ってきました」

　と、言った。

「あんたにすれば、しっかりとしているやないか」

　皮肉めいてはいたものの、珍しく薫は一平を誉めた。

「ありがとうございます」

　喜びの表情を浮かべたあと、一平は語りはじめた。

　なんでも、お鶴のもとへ平四郎がやってきたのは、ひと月ほど前であったそうだ。お鶴の客となった平四郎は、道場の仲間とともに酒を飲んだ帰りだ、と言ったらしい。

そこで平四郎は、おそらく人生初めての恋に落ちた。

「武芸ひと筋、生真面目なお人であっただけに、お鶴という女郎に、たちまち懸想してしまったそうです」

「いかにもありそうな話やな」

薫は納得した。

「それで、通ううちに借金がかさみ、そのうえ、お鶴を身請けしたいと真剣に考えるようになったというのです」

「まさか、身請け金が三百両だというのかいな」

薫が言った。

「それが、二百両らしいです」

「となると、百両あまるな。通っていた金を返したとしても、相当な金子が残る。それに、自分は婿入りするわけだから、平四郎はお鶴をどこかに囲うつもりだったのか」

薫は言った。

「ところが、そうでもなかったようでして」

勿体をつけて、一平は返した。

「なんや」

苛立つ薫をよそに、そこで虎龍が推理を披露した。

「駆け落ちをするつもりだったのではないのか」

「そのとおりです。さすがは御奉行、ご慧眼(けいがん)でいらっしゃいますな」

「どうせ、高貴な麻呂は、下々のことがわからんわなあ」

ひとことよけいな言葉を吐き、薫はむくれた。

次いで、おもしろくもなさそうに、

「呑兵衛医者の小川草庵、腕はたしかなのかいな。ちゃんとした診立てはできるのか……死因を見落としているのと違うのか」

と、不満を草庵に向けた。

「見落とすもなにも、白川さまも平四郎さまの検死の場にいらっしゃったではないですか。どうしても検死に立ちあうと、我らは無理に物置小屋に残ったのですよ。それに、草庵先生の評判は高いです。あとで近所の者に聞いてみたところ、医術ばかりか鍼灸(しんきゅう)のほうも優れているという評判でして。検死に間違いはないでしょう。繰り返しますが、無理強いして検死の場に立ちあったのは、白川さまなのですよ」

諭すように一平が説くと、

「……そらまあ、そんなこともあったけどな」

負け惜しみのように薫は認める。

と、そこで虎龍が話に興味を抱いたようだ。

「無理強い、だと」

「虎龍さん、蒸し返さんでもええがな。ほんまハラタツさんや」

横を向いた薫に代わって、一平がそのときの状況を語った。

虎龍の目が光った。

さながら、獲物に挑む虎か、天にのぼる龍の眼のようだ。

「すると、薫殿と一平が残る残らないで揉めているときに、小川草庵は平四郎の着物を脱がせていたのだな」

「そ、そうです……」

虎龍の目に射すくめられ、一平はおどおどしながら、
と、頭をさげた。平目のような顔がしゅんとなった。

「その間、ふたりは平四郎から目を離したのだな」

虎龍は問いを重ねた。

「申しわけございません」

ここにいたって、一平は米搗き飛蝗にように何度も頭をさげる。

「目を離したと言っても、ほんの少しの間や」

抗議するように薫は言った。

「瞬きするほどの間があれば十分だ。草庵は針で、平四郎の急所、おそらくは首筋の急所を突いたのだ。小さな針の跡であれば、見落としてしまっても不思議ではない。しかも、医者ではない素人の目であればなおさらだ」

虎龍は親指と人差し指で針を摘まみ、突く真似をした。

一平と薫は顔を見あわせた。

「だが、平四郎が最初に倒れたときには、草庵は小屋の中にいなかったぞ」

薫が疑問を発した。

「最初の騒ぎは、平四郎の芝居だ」

「ほんでも、虎龍さんが平四郎の脈を診たやないか」

なおも薫が反論すると、一平もうなずいた。

虎龍は動ずることなく、

「脇になにか物をはさめば、脈を止めることはできる。平四郎は他人に脈を確かめさせ、己が死んでいると思わせたのだ」

「そうか……草庵と平四郎は組んでおったのやな」

薫は納得した。

「よし、草庵の悪巧みを暴いてやる」

意気込んだ一平であったが、

「いや、あとは町方に任せよう。わたしが北町奉行に、今回の顛末を伝える」

さらりと虎龍は言ってのけた。

「わかりました。ただ、まだ気になることがあります。平四郎殿は草庵の針で殺されたとなると、果たしてふたりの婿の死因はなんでしょう」

あらためて一平が疑問を呈した。

「お美玖は、新川小町と評判になるほど美人だ。婿となった男は……それはもう励(はげ)むだろう。息が止まるほどにな」

虎龍は、にやりとした。

「励む……」

一平がきょとんとなると、

「そうやな、昼も夜も……」

薫は声をあげて笑った。

一平も理解したようで、「なるほど」と何度もうなずいた。

そこで薫が、

「ところで、……呪いの館はどないなったのやろうな。麻呂のお祓いで、館に取り憑いた物の怪を退散させてやるのやが」

と、自信を漲らせた。

鐘ヶ淵にある主不在の館……館内にある塔の最上階から何人も飛びおりたという館の一件は、いまだ手つかずのままだ。そのうち調べようと思って、そのままになっている。

折を見て訪ねてみよう、と虎龍は決意をあらたにした。

北町奉行所の調べで、小川草庵は大峰平四郎殺害を告白した。

平四郎から、品川の遊女お鶴を身請けして駆け落ちをしたい、と相談を受け、草庵はお美玖のお祓いに便乗した計画を持ちかけた。

物の怪に取り殺されたように見せかけ、逃亡する。

亡骸を大峰平蔵が引き取るだろうが、屋敷に戻るまでに逃げればよい。

平蔵は、息子の亡骸が行方知れずとなって驚くだろうが、内々に草庵から駆け落ちの件を聞かされれば、大峰家の体面を慮って口外しないだろう。

平四郎は、草庵の企みに乗った。

だが、草庵は平四郎を殺し、お鶴の身請けと駆け落ちのために岡崎屋門左衛門が用立てた三百両を、奪い取ろうとしたのだった。

草庵の陰謀があきらかとなり、お美玖の魔性の女という悪評はたちまちのうちに消えた。

むしろ、悲劇の寡ということで、世間の同情を集めた。ふたりの婿に先立たれたことも、悲劇性を高めている。

ふたりの婿の死は湯屋の二階や縄暖簾で、夜伽のやりすぎだ、と男たちがまことしやかに噂をしている。

虎龍は、件の謎の館を気にしながらも、日々の役目に忙殺されている。

一方の薫は、呪いの館のお祓いが済むまでは京の都に戻らない、と駄々をこね、居候先の老中・松川備前守貞道を困らせていた。

第三話　閉ざされた寺

一

「待ぁ～てー」

如月三日の夜、南町奉行所・定町廻り同心、伴内丑五郎と岡っ引の豆蔵は、盗人を追いかけていた。

伴内は六尺近い大男、名は体を表す、の言葉どおりに、まるで牛のような風貌である。一方の豆蔵は、これまた名前どおりに小柄だ。

伴内は大股ながら巨体に似合わぬ敏捷さで疾走し、豆蔵はちょこまかと水すましのように小股でついてゆく。

霊岸島（れいがんじま）の道を、伴内と豆蔵は必死で三人の盗人を追いかけていた。しかし、待てと言って待ってくれる盗人はいない。

目もくれず、盗人たちは伴内と豆蔵から距離を保ち、角を右に折れた。

伴内と豆蔵も勢いをつけようとしたところで、豆蔵が転んでしまった。続いて、転倒した豆蔵に足を取られ、伴内も転倒する。

「馬鹿野郎！」

伴内は顔をしかめ、膝小僧を擦りむいた、と豆蔵に怒りをぶつけた。

「すんません」

米搗き飛蝗のように何度も頭をさげる豆蔵に、

「いいから早く追え」

と、強い口調で盗人追走を言いつけ、伴内は腰をあげた。

ふたりも角を曲がった。どんつきには寺があり、往来に盗人の姿はない。

盗人は寺に逃げこんだと思われた。

伴内は歯嚙みした。

たしか、法華宗の法安寺という寺だったか……。

「盗人どもは、あの寺に逃げこんだに違いねえですよ。どうしますか」

困惑する豆蔵に問われ、伴内は少しの間、思案した。

「寺だから踏みこむのは無理でも、様子を確かめるくらいは罰も当たるまいよ」

巨体と小柄のふたりは、法安寺に向かった。

山門は閉じられている。

伴内は舌打ちをした。

夜だからではなく、法安寺は朝から晩まで門が閉じられているのだ。

開門していれば、町方でも強引に踏みこめる……そう、参拝に来た、とでも言いわけをして。

境内で盗人を見かければすばやく捕まえ、寺の外に引きずりだす、という強硬手段に出られたのだ。

しかし、門が閉ざされているとなると、勝手に入るわけにはいかない。練塀を飛び越えて踏みこむなど、もってのほかだ。

「ともかく、中に入れてもらおう」

伴内は豆蔵をうながした。

さっそく豆蔵が、山門をどんと叩いた。反応はなく、伴内も一緒に叩きはじめたところで、

「こんな騒ぎを起こせば、盗人に気づかれるな」

と、自分たちのおこないに苦笑を浮かべて、手を止めた。

豆蔵が近づくと、若い僧侶が顔を出した。

「出直しますか」

豆蔵が諦めたところで、山門脇の潜り戸が開いた。豆蔵が近づくと、若い僧侶が顔を出した。

僧侶は提灯をかざし、無言で用件を問いかけてきた。

「お坊さん、ちょっと、中に入れてもらえないかな。盗人が逃げこんだようなんだよ」

豆蔵は腰の十手を示した。

幸いにして、

「どうぞ、お入りください」

あっさりと僧侶は受け入れてくれ、伴内と豆蔵は境内に足を踏み入れた。

三日月と星影に照らされた境内には、ひとけはない。本堂と庫裏、その他の伽藍が建ち並んでいるが、それほど広くはない寺だった。

盗人はすでに寺にはいないのかもしれない。きっと、逃げおおせてしまっただろう。あるいは、どこかに隠れているのだろうか。境内を探すことは無駄かもしれないが、今後、この寺に別の盗人や罪人が逃げこむこともありえる。

盗人や罪人を追ううえで、この寺が大きな障害となってはならないのだ。

実際、今日にかぎらず、盗人がこの寺に逃げこんだのではないかという疑いを抱いたまま、追跡を諦めたこともあった。

これを、なんとかしてもらいたい。

住職に頼んで、門を開けておいてもらおう。

「お坊さん、上人さまにご挨拶がしたいんだがな」

伴内は、法安寺が法華宗であることから住職を上人と呼んだ。

僧侶は、よほど素直な性質なのか、

「どうぞ、こちらです」

またもこちらの頼みを受け入れてくれ、伴内と豆蔵を庫裏へと案内した。

庫裏の書院で、上人の日萬が応対した。

日萬は痩せぎすの身体を墨染の衣に包み、柔和な面差しで、いかにも徳を積んだ初老の僧侶であった。

伴内は名乗るやすぐに、

「ひとつ、頼みがあるのですよ」

と、いつにない丁寧な態度で申し出た。

日萬は笑みをたたえながら、

「拙僧でお役に立てることなら」

一応は町方への理解を示す。これならいけるかもしれないと、伴内は身を乗りだし、

「どうやら、こちらの寺に逃げこむ盗人や罪人がおるようでして。ついては、門を開けておいていただけませぬか。決して、ご迷惑はおかけしません」

「それはできませぬな」

温和な表情ながら、日萬はきっぱりと断った。

まだ諦めるわけにはいかないとばかりに、伴内はひとつうなずき、

「たしかに、夜分の開門は不用心です。ですが、こちらの寺が盗人の逃亡の道筋となっておるのですよ。その辺の事情を、お汲み取りいただけませぬか」

困ったような顔で、繰り返し願い出た。

「できませぬな」

だが、日萬は否定を繰り返すばかりだ。

「では、せめて我らの立ち入りを、いつ何時でも許していただけませぬか」

伴内にすれば妥協案だ。

途端に日萬が表情を引き締めると、部屋の隅で控えていた若い僧侶が、話に割りこんできた。

僧侶は日念と名乗ってから、

「これは異なことを申されるものですな。門を閉じた寺に立ち入るとは、十手を預かる八丁堀同心殿が、盗人の真似事をなさるのですか」

と、あくまで冷静な態度ながら、眼光鋭く反論した。

一見、素直な青年僧に見えたが、日念は意思堅固であるようだ。滑らかな口調からすると、頭も切れそうである。

「いや、そんなつもりはないですよ。あくまで、盗人を捕まえるためです」

言葉に力をこめて伴内は説得にかかろうとしたが、

「当寺は、盗人捕縛の場ではありませぬ」

日念は受け入れない。

「盗人に味方をなさるんですか」

伴内が責めるような物言いをすると、

「言葉が過ぎるのではないですかな」

毅然と日念は返した。

若さに似合わず、僧侶としての威厳を漂わせている。

思わず、

「こりゃ、言葉が過ぎました」

と、詫びてから、伴内はなおも辛抱強く日萬に向かって頼んだ。

日萬は口を閉ざしつつ、黙って話は聞いていたものの、

「……盗人は寺の外で捕縛をなされよ。それが、町方の責任であるのではありませぬか」

舌鋒鋭く拒絶の意志を示した。

たしかに正論である。

自他ともに認める強引な探索をもって知られる伴内だが、ここは引きさがるしかなかった。

「あの坊主ども、盗人の味方をしているんじゃねえか」

法安寺を出た伴内は、豆蔵に不満をぶちまけた。

「日念てえ坊主、若いのにしっかりした坊さんでしたね」

豆蔵が返すと、

「馬鹿野郎、てめえ、坊主を誉めてどうする」

伴内は豆蔵の頭を小突き、目についた縄暖簾をくぐった。手で頭をさすりながら、豆蔵もあとに続く。

酒を酌み交わし、

「若僧めが偉そうに……坊主でなけりゃ、頬をふたつ三つ、張り飛ばしてやったんだがな。お高く止まってやがったぜ。おれたちを不浄役人と見くだしていた」

伴内は日念への愚痴を並べた。

すると、少し離れた客たちが、法安寺の噂を話しているのが聞こえた。そのやりとりによれば、やはり法安寺は謎めいた寺であるという。

伴内は豆蔵に目配せをした。

豆蔵は伴内の意を受けて、客の男たちに視線を向けた。店が混み、男たちが頼んだ酒の替わりが、なかなか出てこないようだ。

それに気づいた豆蔵が男たちに近づき、

「どうでえ、つないでくんな」

と、徳利を向けた。

不意に酒を勧められ、男たちは戸惑いとともに遠慮したが、なおも徳利を向けられ、結局、酒を受けた。豆蔵の酒を飲んだところで、男たちが頼んだ酒が届き、ご返杯だと豆蔵が受ける。

こうなると酒飲み同士、取ったり取られたりとなり、たちまち会話が弾んだ。

「法安寺ってえのは、妙な寺だよな」

豆蔵が言うと、

「そうよ、丸一日、門を閉ざしている日が珍しくねえからな」

ひとりが応じた。

「なんでだろう、墓参りに訪れる檀家だっているだろうに」

豆蔵の疑問に、

「そもそも、あの寺には墓地はないんだよ」

男たちのもうひとりが返す。

「檀家はいるんだろう」

「そりゃ、いるだろうけどさ。妙な寺だよ」

「どうやって稼いでいるんだよ。いや、寺が稼ぐ必要はないんだがな。それにしたって、食い扶持がなけりゃ、維持もできないだろうに」

首をひねった豆蔵だが、答えられる者はいない。

「もしかして、賭場を開帳しているんじゃないのかい」

疑わしそうに、豆蔵が推論を言った。

「そうかもしれねえ。だが、おれは聞かねえな。おれは博打好きだから、この界隈の賭場は知っているんだけど……もし、賭場を開帳しているのなら、よほど秘密にしているとか、限られた者にしか博打をやらせないのかもしれないぜ」

結局、秘密めいた寺としかわからなかった。

縄暖簾を出てから、

「あの寺は、盗人の逃げこみ場所になっているんだ。きっと、そうだ。それで、盗人の上前(うわまえ)をはねて儲けていやがるんだぜ。おれの勘がそう言っているよ」

伴内は牛のような顔のこめかみに指をあて、自信たっぷりに断じた。

「そうですかねえ」

あまり納得がいかないのか、豆蔵は首をひねるばかりだった。

二

四日の朝、寺社奉行の結城大和守虎龍は、江戸城へ出仕しようと自邸の座敷で身支度を調えていた。亡き妻百合の妹、菊乃が手伝っている。

裃に威儀を正し、虎龍は菊乃が差しだす脇差を帯に差した。

身支度を終え、登城の刻限までお茶を飲みくつろいだ。

「兄上、恐怖の饅頭をご存じですか」

不意に菊乃が問いかけた。

菊乃の大好きな怪談噺であろう。虎龍も嫌いではない。嫌いではないどころか、大好きであった。

物の怪、妖怪、冥界、幽霊などのあやかし物に興味を抱く。そうした物の存在を信じているのではない。

信じたいのだ。

一度でいい、亡き妻と再会したい。

あやかしの世界が存在するとわかれば、百合と会えるかもしれないのだ。

「いや、存ぜぬな」

虎龍は薄く笑った。

名前とは裏腹に、中肉、中背の優男然とした顔を菊乃に向け、

「聞かせてくれ」

と、興味津々に頼んだ。

菊乃はうなずき、

「饅頭の闘食会の常連の男がいたんですって……」

この時代、酒、蕎麦、菓子、白米などの大食を競う大会がさかんであった。

そのなかで、饅頭の大食い大会が開かれ、なんと出場した常連の男が、百個もの饅頭を食べて優勝した。

会が終わり、その男が厠に向かったが戻ってこない。厠で倒れているかと、何人かが様子を見にいった。

「すると……廊下に餡子の山があったのですって。その餡子は、男の羽織、袴を着ていたそうですよ」

餡子が羽織、袴を着ていたとは妙だが、要するに、餡子の山に羽織が重なりそばに袴が落ちていたということだ。

男は忽然と消えてしまい、行方知れずであることから、身体が溶け、食べた饅頭の餡子が残っていた、と解釈され、饅頭の怪談噺が広まったのですよ」

「饅頭怖い……と、誰言うともなく、いかにも楽しそうだった。

身を震わせた菊乃であったが、いかにも楽しそうだった。

「闘食会はどこでおこなわれたのだ」

虎龍の問いかけに、

「それは……わからないのです」

小首を傾げ、菊乃は答えた。

であれば、根も葉もないただの怪談噺であろう、と虎龍は落胆した。

虎龍が興味を失ったのを見て、

「こんな噂もあるのです。その男は、特別の薬を飲んでいた……蟒蛇(うわばみ)の胃薬だそうです」

菊乃は大真面目に語った。

蟒蛇とは、人をも呑みこむ大きな蛇のことだ。

ある日、信濃(しなの)の木曽山中(きそさんちゅう)を旅した薬の行商人が、兎(うさぎ)を丸呑みした蟒蛇に遭遇した。胴体が大きく膨らみ、苦しそうにしていたその蟒蛇は、周囲に群生していた薬草を食べたのだという。

　すると、たちまちのうちに膨らんだ胴体がへこんだ。

　行商人は地元の民から、その薬草が『邪含草』という名の強い消化薬だと聞いた。邪含草を持ち帰り、日本橋本町の薬種問屋に売りこむ際、仲の良い大食いの猛者にも分け与えたという。

　邪含草があれば、いくらでも饅頭が食べられる、つまり、腹いっぱいになれば邪含草を服用すればいい、と大食いの猛者は喜んだ。

　闘食会の当日、男は饅頭を百個食べ、さすがに苦しくなって邪含草を服用した。ところが、蟒蛇には手頃な胃薬となっても、人には強力すぎる効能であった。邪含草は、男の身体ごと消化してしまった、という次第だ。

「噺としてはおもしろいが、信じがたいな」

　虎龍の言葉に菊乃は賛同し、

「おおかた、薬種問屋に薬を売りこもうとした行商人がこしらえた、作り話でしようね」

　と、推論した。

「そんなところであろうな」

虎龍が返したところで、女中が両手で高坏を持ってきた。高坏には、紅白の饅頭が乗っている。

虎龍と菊乃は顔を見あわせた。

「饅頭が恐かったら食さなくてもよいぞ」

虎龍は白い饅頭を手に取った。菊乃はしばらく紅い饅頭を見つめていたが、

「いただきます」

と、ほがらかな声を発して手に取り、ひと口食べると満面の笑顔になった。

虎龍が登城したあと、家臣で寺社役を担う藤島一平は、南町奉行所・定町廻り同心、伴内丑五郎の訪問を受けた。

御殿玄関脇の控えの間で、一平は裃に威儀を正して伴内と面談した。平目のような茫洋とした顔ゆえ、裃姿が板についていない。かえって滑稽な様子となってしまうのは自覚しているが、役目柄、身に着けないわけにはいかない。

「しばらくです」

伴内は、牛のような巨体を揺さぶりながら一礼した。一平も挨拶を返す。

「本日は、ぜひとも調べていただきたい寺があるのですよ」

前触れもなく、伴内は用件を切りだした。

「なんだ、あらたまって」

一平は緊張を解(ほぐ)そうとしたが、伴内は真顔のまま、

「霊岸島町の法安寺です」

と、法安寺での盗人追跡の一件について語った。

「おれは、あの寺が盗人をかくまっているって踏んでいるんですよ。盗人の上前をはねて、儲けているんだってね。そんな悪徳寺だが、町方は手出しができねえ。だから、ここは腕っこきの寺社奉行、結城大和守さまに成敗してもらおうとやってきたってわけですよ。頼みこむって言うより、手柄を譲るってことになるんですがね」

伴内は自分に都合のよい理屈で恩を着せ、照れ隠しのように、がははは、と大声で笑った。

「話はわかった。だが、法安寺が盗人をかくまっておるというのは、伴内さんの勘繰りだろう」

「勘繰りって言われたら、そのとおりかもしれませんがね、おれはこう言っちゃあなんだが、悪党を嗅ぎ分ける嗅覚には自信があるんですよ。十五のときに見習

いで南町奉行所に奉公してから数えると二十年、ひたすら悪党どもを追いかけてきたんですからね。おれの鼻はたしかですよ」

自分の大きな鼻を指差し、伴内は自慢した。

八丁堀同心としての能力より、伴内が三十五と知って驚いた。巨体とふてぶてしい態度からして、てっきり四十を超えていると思いこんでいたのだ。

だが、そんな気持ちは億尾(おくび)にも出さず、

「そんなに臭ったのか」

と、真顔で問いかけた。

「ええ、ぷんぷんね……とくに日念という若い坊主、最初は聡明で素直な好印象を受けたんですがね。やりとりをしているうちに、悪知恵の働く狡猾な男というか、見かけは若僧だが、老獪(ろうかい)な坊主に見えてきました。ありゃ、おれがお縄にしてきた悪党どもと同じ臭いがしますよ」

八丁堀同心としての伴内の直感を疑いも、けなしもしないが、寺院に嫌疑をかけるには、いかにも根拠薄弱だ。それでも、伴内の顔を立てておく必要はある。町方との協力関係に、ひびを入れたくはないのだ。

だが、虎龍の出馬をあおぐには、やはり材料不足でもあった。まずは、自分独

自に動くしかない。

「承知した。法安寺を訪れてみる。拙者の目で見てみよう。日萬と日念の話も聞きたい」

　一平は引き受けた。

「くれぐれも頼みますぜ」

　釘を刺すように告げて、伴内は立ち去りかけたが、

「おれの見通しが当たっていたら、報せてくださいよ。なに、褒美をくれなんて言いませんや。ただ、一杯ごちになればそれで充分ですよ」

と、言い置いてから出ていった。

「ずうずうしい奴だ」

　苦笑が漏れたが、一平は、伴内丑五郎という巨漢の八丁堀同心を決して嫌いではなかった。ぶっきら坊で強引な物腰だが、悪い人間ではない。悪党を許さない頑固さにも、好感が持てる。

　やはり、虎龍には報告せずに自分だけで調べることにした。それに、虎龍は盗み行為には興味を抱かないだろう。

　怪異、あやかし、不思議、物の怪などとは、さすがに今回は無縁のようだ。

三

その日の昼、一平はさっそく法安寺を訪れた。

裃から羽織、袴に着替えている。

なるほど、伴内が言っていたように山門は閉ざされていた。しかし、幸いなことに門前を、日念と思しき若い僧侶が箒で掃除をしている。

一平は素性を告げ、日萬への取次を頼んだ。日念は目もと涼やかな面差し、すらりとした体躯、丸めた頭が青々としており、伴内には悪いが邪悪な感じはしない。一礼してから日念はきびきびとした所作で、一平を境内の中に入れた。

なんの変哲もない寺である。

目を引いたのは本堂の脇に茂る大きな樫の木であり、幹には注連縄が締めてあった。

樫の木の奥には、小さな神社がある。この時代、神仏習合であることから、境内に神社をかまえている寺院は珍しくはない。

本堂の階の前で、初老の僧侶が立っていた。日念が「上人さまです」と耳打ちをした。

　近づいて一平が挨拶をすると、

「今日もよき日和ですな」

　日萬は穏やかに答えた。

「そうですな」

　いささか拍子抜けの応対に、一平も空を見あげた。

「本日、お越しの御用向きはなんでしょうか」

「役目柄、寺の巡検をしております」

　日念に答えてから、一平は日萬に視線を向けた。

「それは、お疲れさまですな。当寺はご覧のように、小さなものですのでな、日念とふたりで営んでおります」

　好々爺然とした様子で、日萬は言った。

　あたかも、山里の侘びた寺院にいる上人のような気がした。村の子どもたちに手習いを指南したり、村人の相談に乗る、慈愛ある僧侶だ。

　だがこの目の前の日萬は、寺の門を閉ざし、何人の受け入れも拒んでいるのだ。

　盗人をのぞいて……。

と、伴内丑五郎なら言うだろう。

「檀家は……」

一平の問いかけの途中で、

「当寺は檀家を持ちませぬ」

穏やかに、若い日念が遮った。

檀家を持たない寺は珍しくはない。そうした寺は、賽銭や加持祈禱などで収入を得ている。あるいは、領知を持っているのかもしれない。

果たして、

「当寺には、葛飾郡に十石ばかりの土地があります、そこの年貢で、寺を営んでおります。先祖伝来の土地です」

「なるほど」

収入の拠りどころはわかった。

葛飾郡は向島の北だ。半日あれば往復できる。

さらに、日念は説明を加えた。

「寺が建立されたのは鎌倉の世です。ちなみに、東照大権現さまの安堵状もございますぞ。お調べになってくだされば、わかります」

なるほど、徳川幕府開闢以来、寺の地位は保証されているということか。

一平は一礼をしてから、

「門を閉ざしておられますが、どうしたわけですか」

と、訊いた。

日念はいささかも動揺することなく、明瞭な口調で答えた。

「上人さまがおっしゃったように、拙僧とふたりで営んでおりますので、参拝に来られても応対ができないのです。ここは、修行の場であります。拙僧が学び、上人さまから経典を授けられるよう精進しております」

なるほど、もっともな話である。もしかすると、伴内の勇み足であろうか。

「ところで、妙な噂があるようです」

遠まわしに、一平は尋ねてみた。

「盗人をかくまっている、ということですかな」

日萬が肩を揺すって笑った。

まことに嘘や悪とは無縁の、慈愛深い笑みにしか見えない。

「まあ、口さがない者たちの無責任な噂であるのでしょうが」

取り繕うようなことを一平は言った。

日念が小さくため息を吐き、

「まさしく迷惑千万な噂でございます。なるほど、実際に盗人が当寺に逃げこむことがあるようです。しかし、当寺とはなんの関係もありませぬ。盗人が当寺に逃げこむのは、逃げ道として好都合だからでしょう」

冷静に言いたてた。

法安寺の裏手に伸びる道は幅がせまく、両側を武家屋敷が軒を連ねている。町方も火盗改も、追尾するのは困難であった。

「それを疑って訪問されたのですかな」

日萬に問われ、

「ええ、まあ……ですが、勘繰りが過ぎたようです。ご無礼いたしました」

詫びると同時に、伴内の粗忽さを恨んだ。

「いやはや、そのような悪しき噂が立つというのは、拙僧の不徳のいたすところでしょう。まだまだ、修行が足りませぬ」

日萬は自嘲気味な笑みを漏らした。

「とんでもない。上人さまは仏道修行に身を捧げた尊きお方です。悪しき噂の根源は、拙僧の未熟さでございましょう」

日念はお辞儀をした。

若い僧の賛辞と謙遜の言葉を受け、日萬は両手を合わせて法華経を唱えた。

四

その日の夕暮れ、虎龍は一平から、法安寺の一件について報告を受けた。

ほぼ伴内の勘繰りだと確信していたが、一応、虎龍の耳にも入れておこうと思ったのだ。

「その寺に盗人が逃げこむということか」

虎龍はつぶやくように言った。

「たしかに場所柄、逃げこみやすい寺のようなのですが、かくまっているのかどうかはわかりません」

つい、弁護してしまうのは、日萬たちに籠絡されているのかもしれない。

「しかし、ひたすらに修行を積むのみ、というのは興味があるな」

「御奉行、ともかく、法安寺の一件はこのままにしておきます」

一平の考えに、虎龍はとくに意見は加えなかった。

八日の朝、一平はふたたび伴内丑五郎の訪問を受けた。

「あいつめ」

伴内のガセネタのおかげで、とんだ恥をかいた。ここはきっちりと文句を言ってやろうと、一平は身構えて伴内に対した。

「伴内さん、法安寺だがな……」

やや高圧的な物言いで切りだしたところ、

「藤島さま！」

伴内のほうが、より大きな声で怒鳴った。

出鼻を挫かれ、一平は目をむいて口を閉ざした。

そのまま伴内は続けた。

「房州の熊吉……おれが追いかけていた盗人ですがね、仏になって江戸湾にぽっかり浮かんでいましたぜ」

まるで一平のせいだと言わんばかりである。

「法安寺に逃げこんだ例の盗人か」

一平の問いかけには答えず、

「ほかにふたり、八五郎（はちごろう）と銀次（ぎんじ）という熊吉の手下も同様です」

ぶすっとして、伴内は言い添えた。

「三人とも法安寺に逃げこんだ者たちなのだな」

驚きながら一平は確かめた。

「そうですよ」

なにをあたりまえのことを聞いているのだ、と伴内は言いたいようだ。伴内が不愉快になろうと、湧いてくる疑念を晴らしたい。

「三人は溺れ死んだのか」

一平の問いかけに、伴内は真顔になって首を左右に振り、

「毒殺ですよ」

と、腹から絞りだすように告げた。

「毒殺か……」

言葉をなぞっただけで、どう返していいのかわからない。聡明そうな日念、慈悲深そうな日萬の顔が、脳裏をよぎるばかりだ。

ふたりが盗人たちを毒殺した、と伴内は言いたいのだろう。

「三人の毒殺と法安寺が、かかわっていると考えているのか」

なおも、一平は確かめた。

「ああ、おれは日萬と日念が毒殺したのだと確信していますぜ」

いつもながら自信満々の態度であるが、先日同様に勘頼みだ。いや、直感に頼っているというより、なにがなんでも、毒殺された盗人たちと法安寺を結びつけたいのかもしれない。

「どうも伴内さんは、法安寺が盗人の上前をはねる悪寺という考えが先にあるのではないか。法安寺を悪と決めてかかっているのだろう」

一平は批判めいた物言いをした。

「だから、おれの勘は外れたことはないんですよ。先日も言ったでしょう。八丁堀同心、十手を預かって二十年の伴内丑五郎は、悪党を嗅ぎ分ける鼻を持っているんだって」

伴内は鼻息荒く言いつのった。

「そんな風に言われたのなら、反論のしようがない。なにしろ、こちらは寺社方の役人となってひと月あまり、伴内さんの見習い期間にも及ばない、それこそ駆けだしだからな。その新米の拙者ゆえ、教えてもらいたい」

伴内の機嫌を取る必要はないのだが、下手に出たほうが、伴内がつかんでいる情報を引きだせるだろう。

　案の定、伴内はいくらか気分をよくしたようで、口元に笑みが浮かんだ。

「盗人が日萬殿に毒殺された、というのは、三人が法安寺に逃げこんだという一点だけで判断しているのか」

　迫力に気圧されまいと、一平は声を励ました。

「藤島さま、おれを見くびっちゃあいけないですよ」

　伴内は、にんまりと笑った。

「すると……」

　ふたたび一平は伴内に呑まれた。

「おれはね、豆蔵と手分けをして、法安寺の周辺や出入りしている商人、職人への聞きこみを徹底してやったんだ。するとな、おもしろいことがわかったよ」

　法安寺の屋根瓦を修繕した瓦職人から、話を聞いたのだとか。

「本堂の裏手にな、芥子と麻の花畑があるんだそうだ。芥子と麻からなにが生まれるかは、おわかりですよね」

　わざとらしく丁寧な言葉で、伴内は問うてきた。

「むろんだ」

むっとしそうになるのをぐっとこらえ、一平は、芥子の実は阿片、麻の花は大麻になる、と答えた。

伴内は大きくうなずき、

「法安寺は阿片と大麻を、たくさんこさえているんですよ。法安寺には出入りの薬の行商人がいる。三日にあげず寺にやってくるそうだ。おれはね、もちろん豆蔵に、その行商人の素性を探らせたよ」

行商人が法安寺を出るのを見はからい、豆蔵は尾行した。

「すると、葛飾郡の浅田村に入っていったんだ。浅田村は、法安寺の所領だ。行商人は、浅田村にある法安寺の別院近くの農家に住んでいた。近所で素性を確かめたところ、薬の行商人で小助というそうだ」

横柄な態度ではなく、淡々とした口調で伴内は教えてくれた。

「領地と法安寺を、小助は行き来しているのだな」

「そういうことですよ」

「法安寺で芥子や麻の花を栽培し、それらを小助は持ち帰って、浅田村で阿片や大麻を作りだしているのだな」

おそらくは、と伴内は答えてから、

「法安寺は阿片で儲けているんですよ。薬種問屋は表だっては阿片を扱っていないが、欲しがる客はいる。遊女屋なんぞ、客を取るのを嫌がる女郎を阿片漬けにしているからな。表立って出まわっていない代物だからこそ、高い値で売れるってわけだ。法安寺は小助に阿片の栽培と商いをさせているんだよ。大麻は痛み止めになるから扱っている薬種問屋はあるし、医者にだって売れるって寸法だ」

「よくぞ、法安寺の秘密を調べあげたものだ。さすがは練達の八丁堀同心だと感じ入った。して、阿片や大麻を栽培し、売りさばいているのと、三人の盗人の毒殺はどうつながるのだ」

　伴内を持ちあげてから疑問を投げかけた。

「わかりきったことを言わせないでくれよ。決まっているだろう。芥子や麻を栽培していることを知られた口封じだ。毒殺したからには、おそらく毒草の栽培もしているかもしれねえ」

「たしかなのか」

「おれの勘だ」

　肝心なところがあてにならないではないか、と一平は思った。

「どうも、拙者には得心がゆかぬな」

正直に胸の中を吐露すると、

「それを調べてほしいんですよ。いいですか、法安寺は怪しいんですって。このまま放っておくと大変なことになりますよ。たしかに、おれの勘だ。でもね、いいですか、もう一度言いますよ。盗人たちは、法安寺で大麻や阿片を作っているのを知って口封じされた。口封じにあたって、自家製の毒草を使ったっていうのがおれの読みですよ」

勢いづいて伴内はまくしたてた。

たしかに勘に頼った面はあるものの、ちゃんとした説明をしてくれれば筋は通っているように思える。それをする前に八丁堀同心の嗅覚を言いたてるのは、伴内なりの美学なのだろうか。

「伴内さんの考えはよくわかった。もう一度、法安寺をあたってみるが、阿片、大麻の栽培についてはともかく、果たして盗人毒殺まで追及できるか……あ、いや、弱気になっておっては駄目だが……」

胸を張って、「任せろ」と言えない自分が情けない。

「町方が出張っていいのでしたらね、おれが法安寺を叩き潰してやりますよ」

伴内は腰の十手を抜いて頭上に掲げた。

「まあ、落ち着け。急いては事を仕損じるぞ」

もっともらしい言葉で、一平は伴内を宥めた。

「それならですよ、藤島さまに奮起していただけるよう、もっと恐ろしいネタを提供しましょうか」

毒殺以上の不穏なネタがあるのか、と一平は身構えると、

「なんだ、勿体をつけおって」

伴内の手のひらに転がされまいと、わざと冗談めかして返した。

伴内は不敵な笑みを浮かべ、

「日萬はですね、不老不死の妙薬を手に入れようとしてるそうですよ」

なにかと思ったら、なんとも奇妙奇天烈なことを伴内は言いだした。

だが、一笑に付すわけにはいかない。これまでの伴内の話も、一貫して筋が通っている。

「不老不死の妙薬とは、古の唐土の始皇帝が求めた薬だな。たしか方士の徐福が始皇帝の望みを叶えると申したてて、巨大な船を造り、大海を渡ったのだ……」

一平の話に、

「おれはね、難しいことは知りませんよ。ただね、法安寺の上人、日萬が不老不

死の妙薬を手に入れようとしている……そういう常軌を逸した坊主だってことを、お教えしときますぜ」

不快そうに、伴内は巨顔を歪めた。

「徐福がたどり着いた先は、日本だという言い伝えがある。だとしたら、徐福は日本に不老不死の薬があると思っていたのだろう」

なおも一平が続けると、

「ですから、おれは難しい話は知らないって言っているんですよ。徐福だかお多福だか知りませんがね、古の唐土の話なんかどうだっていい。問題はですよ、不老不死の妙薬なんて怪しげな薬を本気で求める日萬という坊主は、世に災いをもたらすに違いないってことですよ。盗人三人を毒殺したのは手はじめです。これはね、八丁堀同心ひと筋、二十年で培った、伴内丑五郎さまの勘です。間違った試しはないんですからね」

得意の台詞を駆使して、伴内は言い張った。

自信満々の伴内ではあるが、大麻、阿片栽培はともかく、盗人毒殺や不老不死の薬については、勘と噂話を拠りどころとしているにすぎない。しかし、反論しても、伴内は意地でも自説を曲げまい。

「わかった。それも踏まえて、法安寺の探索をおこなおう」

無理を承知で引き受けた。

「頼みますよ、口先だけは駄目ですからね。本当に、形だけの探索でしたら、おれは怒りますよ。おれって男は、怒るとなにをしでかすかわかりませんからね」

釘を刺してから、伴内は肩を怒らせて部屋を出ていった。

「やれやれ」

ため息混じりに伴内の背中を眺めた。

もはや、自分の手にはあまる。虎龍を頼ったほうがよいだろう。

それに、不老不死の薬の話が出たからには、虎龍も興味を持ってくれるはずだ。

五

その日の夕暮れ近く、結城虎龍は下城して裃から羽織、袴に着替え、仏間に入ると、仏壇の前に正座をした。

燈明を灯し、百合の位牌に両手を合わせた。今日一日の出来事を語ろうかと思ったが、百合の生前に役目を話題にしたことはない。

あの世の妻とは、せめて楽しいやりとりをしたい。百合が好きだったもの……食べ物、花などを話題にしようか。

「百合、梅が見ごろだ。そなたは白梅が好きであったな。桜餅も食べごろだ」

そう言ってから、いかにも取ってつけたようだと我ながら苦笑した。

「百合、わたしの言葉が聞こえるか……聞こえたら微笑んでくれ。目の前で……それが無理なら夢枕に立ってくれ」

虎龍は経文を唱えた。

以前は仏壇の前で百合に語りかけると、決まって涙が溢れたものだ。それはいつのころからか、泣かなくなった。

百合への愛情が薄れたわけではない。むしろ、再会したい気持ちは強くなっている。死んでしばらくの間は、百合の死を受け入れることができなかったのだ。

それがまもなく、三回忌を迎えようとし、あの世で暮らしているであろう百合と一度でいいから会いたいと思うようになった。

すると、悲しみよりも楽しみを感じるようになったのだ。

仏間から書院に移り、文机に向かった。役目上の文書に目を通していると、藤島一平が姿を見せた。

　文書を文机に置き、

「入れ」

と、声をかけ、書院の真ん中に座した。

　一平が入ってきて、報告がございます、と法安寺について語りだす。

「不老不死の妙薬か……」

　一日中門を閉ざした寺、阿片と大麻の栽培と商い、盗人三人の毒殺も見すごしにはできないが、やはり、不老不死の妙薬がいちばん引っかかってしまう。

物の怪、妖怪、冥界、幽霊……そうしたあやかしの類に、どうしても関心が向いてしまうのだ。

　そんな虎龍の心中を見透かしたように、一平は言った。

「法安寺を調べたいのです。よろしいでしょうか」

「かまわぬが……ただ、表立って法安寺を訪れたとしても、日萬や日念が本当のことを語るはずはなかろう」

　虎龍が返すと、

「もちろん、日萬や日念には気づかれないよう、隠密裏に探索します」

一平は「隠密裏」という言葉に力をこめた。しかし、虎龍は首を左右に振り、

「そなたに隠密は務まらぬ」

と、無情にも断じた。

「いえ、なんとしてもやり遂げます」

伴内の見くだしたような巨顔が、脳裏に浮かぶ。

「まあ、無理はせぬことだが……」

「探索に無理はつきもの。なにとぞ、お任せください」

平目のような顔を朱に染め、一平は断固として申したてた。

「では明後日まで待て、明後日に指図する」

「明後日ですか……はい、わかりました」

明後日になったら許可がおりるのだろう、と一平は期待した。

落ち着いてみれば、法安寺は寺領安堵のお墨付きを徳川家康が下された、由緒ある寺なのだ。どのような罪を犯していようが、探索するとなると、他の寺社奉行、さらには老中の許可が必要だ。そこまでせずとも、少なくとも話を通しておく必要を、虎龍は感じたのだろう。

明くる日の晩、虎龍はお忍びで藩邸を出ると、羽織、袴姿で法安寺にやってきた。堅苦しいお城勤めではないぶん、気が楽だが夜風が身に沁みる。春の夜は、まだまだ寒いのだ。

寒さを吹き飛ばすように、虎龍はど派手な小袖を着込んでいる。紫地に極彩色で紋様を描いている、前に虎、背中に龍の絵柄だ。この小袖を着ると、虎龍はかぎりない解放感に浸れる。

虎のように密林を駆け、龍のように天空を舞うことができそうだ。

決して公にはできぬが、虎龍は法安寺に忍びこむことを決意した。

というのは、一平が聞いてきた法安寺の領地、葛飾郡の浅田村の年貢収穫状況を調べたところ、ここ数年、不作だとわかった。

なにより、土地そのものが痩せているのだそうだ。それで、よく寺を維持できるものだという疑惑を、虎龍は抱いたのである。

この疑惑は、法安寺が阿片と大麻の栽培で儲けていることを裏づけるものだ。

それに、上人の日萬が求めている不老不死の妙薬が、どうにも気になる。

練塀にのぼり、境内におりたつ。

森閑（しんかん）とした境内は、上弦（じょうげん）の月明かりにほの白く浮かんでいた。肌寒い風が吹きすさび、本堂が大きな影を落としている。

虎龍は足音を消し、境内を横切った。

大きな樫の木の向こうに見える神社から、灯りが漏れている。近づくにつれ、話し声が聞こえてきた。

鳥居に身を隠し、神社の中を覗く。

日萬と思しき老僧と、日念であろう若い坊主のほかに、男がいる。男はぺこぺこと、ふたりに頭をさげていた。

耳をそばだて、三人のやりとりに集中する。

「上人さま、もう少し待っておくんなさい」

男は両手を合わせて拝んだ。

「もう少しとは、いつまでなのだ」

日念が問いただす。

「ですから、その……」

男がもごもごとすると、

「小助、はっきりしなさい。いつになったら、本町の薬種問屋が例の薬を大量に買うのだ」

日念は高圧的である。

伴内の調べによれば、小助とは浅田村に住む薬の行商人だ。ということは、阿片、大麻に関するやりとりをしているのだろう。

ひょっとして、不老不死の妙薬までも、小助に探させているのかもしれない。

いかん、あやかし好きが判断を誤らせる。

いくらなんでもそれはないか、と虎龍は苦笑した。

小助は、

「今月中には……」

と、言った。

「苦しまぎれの戯言ではないだろうな」

釘を刺すように、日念は問いかけた。

「間違いないですよ」

声を上ずらせ、小助は答える。

「では不老不死の妙薬は……」

と、日念がその言葉を口にした。

虎龍の胸がときめいた。やはり、不老不死の妙薬を、日萬と日念は本気で探し求めていたのだ。

「不老不死というよりは、いかなる毒にも耐える薬なのです」

言いわけでもするように、小助は答えた。

「先だって盗人どもで試したが、効き目はなかったではないか。もしこれが完成すれば、例の薬とともに大きな儲けを産むことになるぞ。因業な金貸しや、寺に逃げこんでくる盗賊の頭など、日々、毒を盛られるのではないかと怯える者は、大勢いるのだからな」

嘲るような笑みを浮かべ、日念は言いたてた。

「もう少し、お待ちください。いろんな薬草を仕入れて、煎じておりますので」

小助はぺこぺこと頭をさげるばかりだった。

気づかれぬよう細心の注意を払い、虎龍は法安寺をあとにした。

なるほど、伴内丑五郎が調べてきた噂話は、より真実味を帯びてきた。

不老不死の妙薬、いかなる毒にも耐える薬、まさしく夢物語だ。

盗人三人に毒を飲ませ、小助がもたらした薬の効き目を確かめたのだということもわかった。しかも、調合した薬が完成すれば、他の悪党どもに高値で売りつけるつもりなのだろう。

いくら盗人とはいえ、裁きもせずに殺す、しかも毒の試し……あげくの果てに金儲けを企むとは、およそ人として許されることではない。

日萬という老僧はもちろんのこと、平然と妙薬の効き目を盗人で試した若き僧、日念の冷酷さにも、得体の知れない怖さを感じた。


明くる十日、非番をいいことに、虎龍は法安寺の所領である浅田村にやって来た。藤島一平には、所要で出かける、と言伝を残しておいた。

陣笠を被り、火事羽織、野袴を穿き、馬に跨っている。野駆けの出で立ちで浅田村に到ると、法安寺の別院を訪れた。

霊岸島町の法安寺と違って、門が閉ざされてはいない。村人がいつでも参拝できるようにしているのだろう。さほど大きくはないが、墓地も備えた、ごく普通の寺である。

若い僧侶が怪訝な顔でこちらに来た。よく見ると日念である。昨夜は法安寺にいたから、今朝早くにこの村を訪れたのだろう。

虎龍は馬をおり、門前につないだ。次いで陣笠を脱ぎ、

「ここは法安寺の別院のようだな」

なにげない口調で語りかけた。

「さようでござります……」

辞を低くして日念は答えつつ、虎龍の素性を問うてきた。

「結城虎龍……人によってはハラタツと呼ぶ」

虎龍が告げると、

「これはこれは。寺社奉行の結城大和守さまですか」

と、深々とお辞儀をしてから、日念はみずからも名乗った。

自然な足取りで、虎龍は境内に足を踏み入れていく。

それに、日念がつき従った。

「上人殿は」

虎龍は境内を見まわした。

「霊岸島町のほうにおられます」

「こちらにはまいられるのか」

「普段は霊岸島町でお過ごしになります。わたしは、上人さまから別院と浅田村の様子を見てくるように、仰せつかっております」

淀みなく滑らかな口調で、日念は答えた。

「そうか……日萬殿は、大変に学識の深いお方だと耳にした」

鎌をかけた虎龍の言葉に、日念は深くうなずいた。

「それはもう、大変な学識をお持ちでございます」

「唐土の歴史、文化にも造詣（ぞうけい）が深いのであろうな」

「おっしゃるとおりです」

日念は答えたが、いまだ虎龍の意図がわからず、目元が引き締まり、警戒の色を浮かべた。

「ところで、村の様子はどうなのだ。豊作であったのか」

虎龍は話を変えた。

「秋の嵐で、せっかく実った稲がやられてしまいました」

悲しそうに日念は言った。

「それは難儀であったな。なにか手助けが必要なら遠慮なく申し出よ」

虎龍は同情を示す。

「寺社奉行さまのお手を煩わせるまでもなく、上人さまは村の民のために、さまざまな知恵を絞っておられます」

「たとえばどのような」

「田や畑仕事だけではなく、養蚕なども勧めておられるのです。また、村人には読み書きができるように、わたしをお遣わしになって手習いを指南させておられます」

言葉に力をこめて、日念は日萬の善行を話した。

「それはすばらしいのう。学問を身につければ、なによりの武器となる」

虎龍の言葉を受け、

「まことにご立派な上人さまでいらっしゃいます」

ここぞとばかりに、日念は言いたてた。

「村の民にとっては、まるで生き仏のようなお方ではないか」

「さようで。まさに生き仏と崇められております」

日念は応じてから、こんなことがありました、と日萬にまつわる挿話を紹介した。

「上人さまが、この別院で法話をなさったときのことです」

生き仏のごとく崇められる日萬の法話を聞こうと、村人が門前に詰めかけた。

いまかいまかと開門を待ち、いざ門が開かれると、われ先にといっせいに民が雪崩れこんだ。その結果、ひとりが転倒し、重なりあって圧死者が出た。

　不幸な事件ではあるが、

「そんななか、いつしか噂が流れたのです。日萬さまの法話を聞くために死ねば、極楽往生を遂げることができる、と。それからというもの、村人のなかにはわざと転ぶ者すら出る始末でして。それほどまでに、上人さまは崇められておるのです」

　さすがに、当の日萬は、そんなことをしても極楽往生などできない、命を粗末にするな、と説教をしたそうだが、ともかく日萬は浅田村では生き仏、民の尊敬を一身に集めているようだ。

「偉い上人だな」

　皮肉ではなく、虎龍は言った。ただし心の中では、生き仏であれば不老不死の妙薬やどんな毒にも耐える薬など求めないだろう、と鼻白んだ。

「まことです」

　目をきらきらと輝かせ、日念は言った。

　果たして、日萬がそこまで村人たちから尊敬されているという証言は、そのまま信じてよいものだろうか。

「日萬殿の法話は、それほどにありがたいものなのだな」

「村人のなかには涙ぐむ者もおります。法話が終わると、みな、浮世の嫌なことを忘れ、興奮の面持ちとなるのです」

あくまで日念は真顔で語った。

「ほう、そんなにもな」

虎龍はうなずき、別院をあとにした。

茶店に入り、客や店の者に、それとなく日萬の評判を尋ねた。

悪口を言う者はひとりとしてなく、人格高潔にして慈愛深い日萬を、心から尊敬しているようだ。

ひと月に一度おこなわれる別院での法話を、村人はまるで祭のように楽しみにしているらしい。

「ですからね、今夜の法話は、ひさしぶりですのでね。みんな、それはもう楽しみにしているんですよ。今回は晩なんだそうで、仕事を終えてから法話を聞きにいきますよ」

赤子の世話や病床にある者など以外は、ほぼすべての村人が五十人ほど集まるのだという。茶店の娘は、目を輝かして言った。

「これまでは朝方にやっておったのだな。それがどうして夜に」

ふと疑念を抱いたが、娘は微塵も不思議に思っていないようで、

「上人さまは、村のみんなのことをよく考えておられるのですよ」

みなが仕事を終えたあとのほうが、心置きなく法話を聞くことができる。

日萬はそう考えたらしい。

嬉々（きき）として、娘は語った。

「ひさしぶりと申したが、先月は法話はなかったのか」

この問いかけには、

「かれこれ半年ぶりになりますか。上人さまがお身体の調子を崩されて」

と、心配顔になった。

「半年近く法話をしなかったということは、よほど具合が悪かったのだな」

「ほんと、一時は村の者も、心配で心配で気を揉んでいたんですよ。ですが今回、ひさしぶりに法話をやってくださるんで。みんなも上人さまがお元気になられてほっとしているんです」

とうとう、娘の目が潤んできた。

「ほう、なにか病を患われたのかな」

「そのようです」

心配になった娘は、父親から見舞の品を持たされ、霊岸島の法安寺に様子をうかがいにいったそうだ。

「だいぶとお元気そうだったんですが、重い病は面差しを変えるというか……」

そこで娘は言葉を止めた。

「顔が違ったのか」

俄然、興味を抱きはじめた。

「いえ、そんなことはないのですが……どこか雰囲気が違うというか」

うまく言えない、と娘は説明を諦めた。

半年ぶりの法話……しかも面差しが変わった……。

「村人は、上人の法話を必要としておるのだな」

虎龍はつぶやくように言った。

六

　続いて、虎龍は村長の家を訪ねてみることにした。

　村長は代々、大野(おおの)平右衛門(へいえもん)を名乗るそうだ。思いもかけない寺社奉行の訪問に、平右衛門は戸惑いと警戒心を抱きながらも、丁重(ていちょう)に出迎えた。

「上人の日萬殿の法話を、村人は大変に楽しみにしておるな」

　まずは、にこやかに切りだした。

「楽しみの少ない村でございますので……あ、いや、法話は芝居や見世物ではございませんが、上人さまの法話はとにかくおもしろくて、妙な言い方ですが、心地よいものなのですよ」

　平右衛門は言った。

「ならば、半年も上人殿が法話をできなかったのは、村人もがっかりであっただろうな。この秋には大きな嵐に襲われて、せっかく実った稲が台無しになったのであろう。村人にしてみれば、身も心もずたずたになっておったであろうにな」

　やや皮肉をこめて、虎龍は言った。

するると案の定、平右衛門は肩を落とした。

「残念なことでした。ですが、いちばん心を痛めておられたのは、上人さまだと思います」

「そなた、霊岸島の法安寺には見舞にいったのか」

虎龍の問いかけに、平右衛門は首肯し、

「重い病であられましたようで」

平右衛門は村で採れた山菜や柿を持参し、日萬が病に臥せった昨年の水無月から月に一度ほど出向いていたそうだ。

「会話はできたのか」

虎龍の問いかけに、

「いいえ。とても重い病で、会話ができる状態ではありませんでしたな。言葉を交わせるようになったのは、すっかりと快復されただいぶあとのことです」

「どんな病であったのだ」

「それは……」

平右衛門は首を傾げるばかりで答えられない。

「どのような病かわからないのか」

平右衛門の困惑を、虎龍は訝しんだ。

「じつのところ、くわしいことは知らないのです。最初に日念さんが、上人さまは重い病を患った、とおっしゃっていましてね、なんでも水無月ということで、食あたりであったとか」

夏の盛りとあって、日萬は食あたりをしたのだそうだ。それが、悪化してしまった。

それ以来、半年も寝込んだのだ。

もし食あたりだとすれば、さすがに秋ごろには万全ではないにしても、多少のやりとりはできただろう。秋には、村が嵐によって大きな被害を受けたのだ。平右衛門も、いろいろと日萬と相談したかったに違いない。

「ですので、年が明けてから、ようやく平癒なさった、と日念さんが報せてくださり、嬉しさとともに安堵しましたな」

平右衛門は笑みを漏らした。

「この村から薬種を届けておるようだな」

さりげなく虎龍は問いかけた。

「小助さんですな。働き者でしてな、上人さまの健康を気遣って、村で採取できる薬草を煎じて届けておるのですよ」

「売るだけではなく、煎じてもおるのか」

感心したように虎龍が言うと、

「そうなんですよ。村にお医者がひとり、薬屋は小助さんだけなんです。小助さんが、薬草から薬を煎じてくれるんです」

「ほう。小助の家はどこだ」

虎龍の問いかけに、平右衛門はなにも疑わず丁寧に答えてくれた。

「ならば、これでな」

虎龍は腰をあげた。

にこやかに平右衛門は腰を折った。


その足で、小助の家を訪ねた。

別院近くの農家と聞き、目星の家に入って声をかける。

すぐに、粗末な野良着姿の男が出てきた。法安寺で見かけた小男であり、小助に違いない。虎龍は名乗り、咽喉が乾いたから茶を一杯所望したい、と言った。

小助は快く応じる。

小上がりになった板敷の真ん中に、囲炉裏が切ってあった。

囲炉裏端に腰をおろし、なにげない口調で問いかける。

「そういえば、そなたが日萬殿に煎じ薬を届けておるのだな」

「ええ、まあ」

言葉少なに、小助は認めた。

「ならば、日萬殿の病にはくわしいであろう」

虎龍が問いかけると、小助はたちまち警戒の目をして口を閉ざした。

「どうした、黙りこんで。まずいことでも訊いたか」

虎龍はにんまりとした。

「いえ、決して……」

対して、小助はうつむいてしまう。

「村の民は、たいそう日萬殿の病を心配しておったであろう」

「ええ、そりゃもう……」

「そなたに、病についてあれこれと問いあわせてきたのではないのか」

もっともらしい虎龍の問いかけに、

「まあ、いろいろと」

やはり、少ない言葉しか答えられなかった。

「どうした、奥歯に物がはさまっておるような物言いではないか」

からかうような虎龍の問いかけに、

「そんなことはありません。ただ、上人さまの病のことは、あまり人に口外してよいものではないかと」

むきになって、小助は答えた。

「寺社奉行たる、わたしにもか」

権威をちらつかせるのは気が引けたが、ここでなんとか話を引きだしたい。

「そんなことは……」

「そういえば、薬にまつわるおもしろい話が流れておるな」

不意に話を変えた。

「薬種に関する話ですか」

この話題には、小助も乗ってきた。腕のよい薬の行商人というのは本当のようだ。日本橋本町に軒を並べる薬種問屋、しかも、老舗に出入りしていたという履歴も嘘ではなかろう。

とすると、そんな行商人が、どうしてこのような小さな村で商いをしているのだろうか。

「饅頭の闘食にまつわる話だ」

　虎龍が言うと、小助の顔が心なしか蒼ざめた。

「大食いで知られる男がいた。その男は饅頭の大食い勝負に常に勝って、賭け金をせしめていた。そんなある日、饅頭食いの大会に出ることになった……」

　ここまで語ったところで、虎龍は話を止めた。小助は無表情である。

「もちろん、優勝を狙ったその男は、ある薬の行商人に、邪含草という薬を勧められた。行商人いわく、木曽の山中で兎を呑みこんだ蟒蛇が、消化のために食べた薬草だという」

　強力な胃薬として、さっそく行商人は、本町の薬問屋に売りこんだ。

　売り込む際、薬の評判を高めるため、饅頭食いの男にも提供したのだ。

　男は喜んだ。邪含草さえあれば、どんなにたくさんの饅頭を食べても胃の腑にもたれることはなく、いくらでも饅頭が食べられるのだ。

「男は行商人から邪含草を受け取り、闘食会に出た。見事、優勝を飾ったが、厠に向かったところで、その男は死んでしまった」

　ここまで虎龍が語ると、

「なんと餡子の山が羽織、袴を着て座っていた、という話ですね」

小助は言った。

「邪含草に身体が溶けてしまった、と言うのだがな。饅頭怖い、などと言って評判になった」

虎龍は笑った。

「行商人に悪気はなかったんだと思います」

小助は言った。

「そうかな……だいたい、邪含草なんて薬草があるとは思えぬ。本町の薬種問屋に売りこもうとして、そんな作り話をこしらえたんだろう」

虎龍の推論に、小助はむっとして口を閉ざした。

「そなた、日萬殿には、どんな薬を煎じておったのだ」

「それは……胃薬でしたよ……邪含草じゃありませんよ」

冗談めかして小助は言った。

「食あたりだと聞いたがな」

虎龍が首をひねると、

「季節柄、召しあがったものが悪くなっていたのでしょう。それで胃薬を」

「しかし、食あたりで半年も寝込むものかな」

「それがきっかけで、あちらこちらを患われたのです。いわゆる、こじらせたのですな。ご高齢でいらっしゃいますからね」

またも、もっともらしく小助は言った。

「なるほどな……それにしても、半年は長かろう。村の者が見舞に来ても、応対できないほどだったと聞いたぞ」

虎龍は小助を睨んだ。

「御奉行さま、なにがおっしゃりたいんですか」

びくびくとして訝しむ小助に答えず、虎龍は板敷から土間に飛びおりた。

「御奉行さま……」

唖然とする小助を置いて、虎龍は置いてあった薬種を手に取った。

「小助、これは阿片であろう」

ずばりと虎龍が指摘すると、小助はなにも返せずに面を伏せた。

七

「阿片だな」

ふたたび虎龍は、静かに問いただした。

「……は、はい」

もはや逃れられぬと観念したのか、小助は認めるや膝から頽れた。

「日萬に頼まれたのだな。しかも霊岸寺の法安寺では、芥子や麻を栽培しておると聞いたが」

虎龍の追及に、

「お許しください」

とうとう小助は土下座をして、許しを乞うた。

「まずは、ちゃんと話せ。法安寺の上人である日萬……あれは偽者だな」

淡々と虎龍は問いかけた。

「……そ、そうです。お見通しに相違ございません」

「本物の日萬はどうした……おそらくは、この世にはおらぬだろうが」

「これまた、ご明察のとおりでございます。半年ほど前のことでした」

　小助はか細い声で答えた。

「どうして亡くなったのだ。日萬に成りすましている男に殺されたのではないのか」

「そ、そのようです」

「洗いざらい話せ。そなたがわかっておる範囲でよい」

　少しだけ口調をやわらげ、虎龍はうながした。


　半年前の水無月一日、小助は法安寺を訪れた。毎月一日には、煎じた薬種を届ける習わしであるからだ。

「日念さんが応対してくれたのですが、その日、あたしは相談事がありました」

　本町の薬種問屋に売りこんだ邪含草が、とんだ偽薬(ぎやく)だとばれて、出入り止めになった。しかも問屋ばかりか、本町では薬の行商人を続けていけなくなってしまったのだという。

　すべては欲をかいたせいなのだが、とにかくその件を日萬に相談しようとしたのだ。

「……魔が差したんですよ」

ぽつりと小助は言った。

「続けろ」

静かにうながす。

「日念さんは、上人さまに会わせてくれました。しかし、それは日萬さまではありませんでした。どこぞの博徒だったのです」

なんでも、日念が懇意にしている博徒だという。

日念は、日萬が浅田村に法話に行く日に法安寺を博徒に貸し、裏で賭場を開帳していた。ところが、それが日萬に発覚してしまった。

日萬は激怒し、日念を追いだそうとしたばかりか、寺社奉行に突きだそうとした。日念は博徒と組み、日萬を殺してしまった。

とはいえ、尊敬を集める偉い上人がいきなりいなくなってしまっては、どうあっても不審がられる。

考えたあげく、日念は博徒に、日萬に成りすますよう求めた。

幸いと言うべきか、博徒の背格好は日萬に似ていた。実際、墨染の衣を身に着け、饅頭笠を被ると、まず日萬と見分けがつかなかった。

偽日萬を使い、日念は法安寺を乗っ取り、もっと儲けようと考えた。

しかし、日萬さまは月に一度、浅田村で法話をする。村人の前に姿を現すだけではなく、日萬と疑われないような法話ができないといけない。

日念は偽日萬を本物に見せるために、法話の特訓を施した。習得の時間を稼ぐためと、よけいな疑いを招かぬよう、仮病も使った。

大病を患い、顔立ちが変わったと言えば、顔の造作の違いはなんとかごまかせるだろう、と踏んだのだ。

「それで、芥子や麻の畑というのは」

虎龍は訊いた。

「芥子や麻の畑は、本物の日萬さまも承知のうえ、法安寺で栽培がされていたのです」

阿片や大麻を作ったのだが、それらは法話の際に煙や香として使用していた。

村人が日萬の法話を聞いて心地よくなるのは、薬物が引き起こす幻覚作用であったのだ。

「日念は法話以外でも大麻を作ることを、あたしに勧めました。大麻ばかりか阿片もです。阿片をひそかに仕入れる薬種問屋はいます。しかも、高価で取引されるのです」

その話に乗って小助は、せっせと阿片作りに励んだのであった。

「申しわけございません」

あらためて小助は詫びた。

「心底、自分の所業を懲りておるか」

「もう二度と阿片は作りません。この場で燃やします」

「もし己を悔いるのならば、ひとつ改心の証しとして、わたしに協力することだな。これからわたしは、日念と偽日萬の罪を暴きたてるぞ。よいな」

虎龍はきっぱりと告げた。

「もちろんでございます」

力強く小助は同意した。もはや、あらがう気持ちは微塵もないようだ。

「ならば、すぐにも同道せよ」

虎龍の命に、深々と頭をさげて応じてから、

「これは失礼しました。お茶も差しあげませんで」

小助は腰をあげた。

「かまうな」

遠慮したが、小助はお茶を淹れてきた。

「では、支度をしますので。このなりで、寺社奉行さまの吟味を受けたくありません」

野良着から小ざっぱりした小袖に着替えたい、と小助は頼み、虎龍は了承した。礼を言い、小助は奥に向かった。

虎龍は前に置かれた湯呑を手に取り、ひと口お茶を飲んだ。

つい、なにげなく飲んでから、

「しまった……」

後悔、先に立たず、である。

毒を盛られたかと危ぶんだが、幸いにして苦しみは襲ってこない。ほっと安堵して小助を待った。

囲炉裏で揺らめく炎に、郷愁(きょうしゅう)を覚える。安堵が深まり、身体が微妙に揺れはじめた。子どもたちの遊び声と、野鳥の囀(さえず)りが聞こえる。

こんな場合なのに、心がなごみ、自然とまどろんだ。

とうとう、虎龍は囲炉裏端で寝入ってしまった。

そこへ、小助が戻ってきた。合わせたように、日念が姿を見せる。

小助は、依然として野良着のままだ。眠る虎龍を恐れの目で見ながら、

「どうします。さすがに寺社奉行さまの命を奪っては、まずいですよ」

と、日念に指示を求めた。

「殺したとなれば、法安寺もこの村も、公儀に潰される。いや、東照大権現さまのお墨付きで寺はやりすごせるかもしれんが、わたしや偽日萬、それにおまえは間違いなく死罪だな。法安寺には、寺社方から坊主が遣わされる。浅田村は法安寺の所有であり続けるが、寺社奉行の管轄になるだろう。どうだ、それではおもしろくはなかろう」

日念の考えに小助は賛同し、何度も首を縦に振った。

日念は続けた。

「村人だって楽しみを奪われる。上人さまのありがたい法話が聴けなくなるのだ。法悦の境地に達することができない。それは罪深いことだ」

「おっしゃるとおりです。では、どうしましょう。目が覚めたら、あたしが同道しましょうか。寺社奉行さまのお取り調べを受け、阿片と大麻の栽培は認めて、二度としませんのでどうぞお許しください、と懇願しましょうか」

小助は言った。

「おまえ、そうしたいのか」

日念は目を凝らした。

丹精な面差しが、悪鬼の形相と化す。

「いいえ」

大きく小助は頭を振ってから、

「でも……ほかに手立てはあるのですか」

と、上目遣いに問いかけた。

「結城大和守さまは不幸な事故に遭遇なさった……ということであれば、禍（わざわい）はわれらには及ばない。野駆けで立ち寄った村で、たまたま事故に遭われたのだ」

平然と日念は言ってのけた。

「事故……どのような」

恐るおそる、小助は問いただす。

「村の外れの六角堂（ろっかくどう）が、おあつらえ向きだな。虎と龍を描いた天井画がある。大和守虎龍さまは、虎と龍の天井画をご覧になろうと、六角堂の中に入られた。夜更けゆえ、提灯を手にな。ところが、足を滑らせ昏倒した拍子に、提灯の火が燃え移り、たちまちにして炎に包まれてしまわれた……という次第だ」

「さすがは日念さま、よいお考えです」

日念が考えを語ると、小助はまだ生きている虎龍に両手を合わせた。

「うう……」

ようやくのこと、虎龍は目を覚ましたが、まだ頭がずきずきとしていた。

眼前は暗がりだが、幸い、月光も差しこんでいる。

「ここはどこだ」

つぶやきながら半身を起こした。

周囲を、漆喰（しっくい）の壁が囲んでいる。形は四角ではなく六角だ。

おのおのの壁面に格子窓が設けられ、格子の隙間から上弦の月が覗いていた。

腰をあげたところで、野駆けで浅田村にやってきたことを思いだした。

「そうだ、小助の家で……」

どうやら、茶に眠り薬が盛られていたらしい。自分に従うと答えた小助を信じ、迂闊にも罠に陥ってしまった。

ここに運んだのも小助であろう。おそらくは、日念も加担したに違いない。となると、浅田村の中であろうか。それとも外に追いだしたのか。法安寺の秘密を知られたからには、浅田村から追いだしたとは考えにくい。となると、ここで殺すつもりだろうか。

板敷を見おろすと、大刀が置いてある。

殺しにくるのなら丸腰にするはずだが、と訝しんだところで、松明が近づいてきた。

「おのれ」

虎龍は大刀を腰に差した。

格子窓に、日念の顔が貼りついた。

「なんの真似だ」

声を荒らげず、虎龍は努めて冷静に問いかけた。

日念はその質問には答えず、

「御奉行さま、天井画を御覧ください」

と、視線を上にあげた。

つられるようにして、虎龍も天井画を見あげる。

松明の炎を受け、爪を研ぐ虎と雲をつかんだ龍が揺らめいている。極彩色に彩られ、見応えのある絵であった。

つい見入りそうになったが、そんな場合ではない。

視線を日念に転じ、

「そなたらの悪企みは露見したぞ。潔く罪を償うのだ」

「お言葉ですが、わたしのおこないは一見して悪行のようですが、じつは善行なのです。毒殺したのは盗人たち、いわば悪党を地獄へ堕としたのです。阿片や大麻は、民を苦しみから救います。いかがでしょうか」

日念は静かに問い返した。

「悪党の理屈、まさに屁理屈だな」

虎龍は哄笑を放った。

動ずることなく日念は、

「虎の咆哮ですか、それとも龍の雄叫びなのですか」

乾いた口調で問いかける。

が、虎龍の答えを聞くことはなく、

「どちらでもよい！」

怒声を浴びせ、松明を格子の隙間から堂の中に投げ入れた。

とっさに、虎龍は背後に跳びのいた。

松明の火が板敷に燃え移る。

「冥途へ逝かれよ」

日念の姿は、格子窓から闇に消えた。

「おのれ」

虎龍は戸口へ走り寄り、扉を押した。しかし、びくともしない。外から門を掛けているのだろう。

虎龍は扉に体当たりをした。

しかし、開くものではない。体当たりを繰り返すうちに、見る見る火の手がまわってきた。

炎は柱を燃やし、天井画を焦がす。

炎に包まれ、灼熱地獄と化した堂内にあって、絵の中の虎と龍は平気だが、虎龍はそんなわけにはいかない。

羽織を脱ぎ、迫りくる炎を掃う。前を虎、背中に龍が描かれた小袖に火の粉が降りかかった。壁の一面が燃え落ちたが、炎が行く手を阻む。

抜刀すると、虎龍は天井画を見あげ、

「いざ！」

と、思いきり跳躍した。

大刀の切っ先が、天井画に描かれた虎と龍の間に突き刺さる。

虎龍は両手で柄を握りしめ、身体を前後に揺らした。大刀が軸となり、虎龍の身体は振り子のように揺れ動く。二面の壁が音を立てて燃え崩れる。

黒煙にむせ返りながら揺れに勢いをつけ、

「だあ！」

裂帛（れっぱく）の気合いとともに、前方へ跳んだ。

大刀が天井画から抜け、虎龍の身体は弧を描いて炎を超えた。

地べたを転がり、六角堂から離れる。

立ちあがって振り返ると、六角堂は火柱と化して夜空を焦がした。

法安寺の別院内にある講堂では、日萬が村人たちに法話を聞かせている。

講堂に詰めかけた五十人あまりの村人は、ひとことも聞き漏らすまいと私語を交わすことなく耳を傾けていた。

四方に立てかけられた燭台の油皿の炎は弱々しく、堂内は薄闇が覆っている。日萬は錦（にしき）の袈裟（けさ）に身を包み、頭巾を被っている。薄闇と頭巾で面差しはよく見えないが、それがかえって厳かで神秘的な雰囲気を醸しだしていた。

加えて、日念が小助に命じて大麻を燃やしている。

堂内の両側に白木（しらき）の台が置かれ、大きな鉢に入れられた大麻から煙が立ちのぼっていた。村人は忘我（ぼうが）の表情となり、日萬を偽者と疑う者はない。

虎龍は馬に跨り、講堂の階にいたった。

静寂のなか、偽日萬の声が響いている。開け放たれた扉の向こうに、村人たちがうごめいていた。

「人は産まれ落ちたときは裸、死ぬときはひとりじゃ。なにも持たずに生を受け、誰も連れずに冥途へと旅立つ……」

もっともらしい法話は、日念が作ったのだろう。偽日萬は日念の指南を受け、日々、語りの稽古を積んだのだ。

「胡散くさい法話から目を覚ませ」

つぶやくや、虎龍は馬の胴を両足で蹴った。

馬は嘶き、勢いよく階を駆けあがる。一気に濡れ縁を走りすぎ、講堂の中に奔りこんだ。

これには村人たちも驚愕し、一瞬にして酔いから醒めた面持ちとなった。

虎龍は馬からおりると、右側の白木の台に駆け寄り、抜刀する。次いで、振りかぶって大刀を斬りさげる。

白木の台は真っ二つに両断され、鉢がひっくり返った。

村人から悲鳴があがる。

「曲者を捕えろ、曲者から上人さまをお守りせよ！」

声を嗄らし、日念が叫びたてた。

たちまちのうち、村人たちは虎龍を囲んだ。

「そいつは日萬上人などではない！」

虎龍は凛とした声を発すると、風のように偽日萬に迫り寄る。虎龍を囲む村人の輪が千切れた。

偽日萬の間近に寄ると、虎龍の大刀が横に一閃された。

月明りを弾いた白刃が流星のように流れ、偽日萬の頭巾が切り裂かれた。

「ああっ」

偽日萬は、両手で顔を隠した。なおも、虎龍は袈裟の襟首をつかんで引き倒す。あぐらをかいた偽日萬の顔を両手で持ち、

「よおく見よ、これがおぬしらの知っている日萬上人か。いくら病気で面差しが変わったとて、覚えている上人の顔と違いすぎはしないか」

と、村人に向かってさらした。

「ああ……た、たしかに、ち、違う」

「上人さまではない」

「偽者だ」

村人は騒ぎだした。

虎龍の横目に、日念が逃げだすのが映った。

虎龍は偽日萬の顔から両手を離すと、脇差の柄をつかむや日念に向かって投げつけた。矢のように飛んだ脇差は日念の頬をかすめ、板壁に突き刺さった。

その場に日念は、へなへなと膝から頽れた。

「兄上、食べすぎですよ」

菊乃がいれば小言を言いそうだ。

藩邸の座敷で、高坏に山と積まれた饅頭を、虎龍は頬張っている。白絹の寝間着姿、寝間に向かおうとしたがどうにも腹が減り、女中に頼んで持ってこさせたのである。

浅田村で日念と偽日萬の企てを打ち砕いてから、三日が経った。

法安寺は廃寺にせよ、という意見も聞かれたが、神君家康公が安堵した浅田村の村民に罪はない、という考えも多かった。

霊岸島町の寺院は破却されたものの、浅田村の別院は残された。近日、寺社方が手配をした法華宗の僧侶が赴任する。

霊岸島町の法安寺がなくなり、盗人や罪人の逃げ場所がなくなった、と伴内丑五郎は喜んだ。藤島一平は約束どおり、伴内と豆蔵に酒をご馳走した。

日本橋の料理屋で席を設けるつもりだったが、

「そんな堅苦しい店で飲んじゃ、酒がまずくなりますよ」

と、伴内は行きつけの縄暖簾を希望した。

伴内は身体と同じく舌も肥え、ざっかけない店ながら酒は上方の清酒、肴はどれも美味かったそうだ。

とくに白魚の踊り食いは絶品だった、と一平は笑顔で語り、

「よろしかったら御奉行も、民情視察の途中に行かれてみてはいかがですか」

と、勧めた。

「そのうちにな」

虎龍は無難な返事をした。

饅頭を五個食べたところで、胃がしくしくと痛みだした。

「いかん」

食べすぎだ。

胃薬を飲もうか……いや、やめておこう。まさか身体が溶けはせぬが、安易に薬に頼りたくはない。

「まもなく、桜が咲くぞ」

虎龍は姿を見せない亡き妻に語りかけた。

第四話　呪いの館

一

弥生一日、桜満開の時節となった。

虎龍が下城すると、菊乃が屋敷を訪れた。春爛漫に時節とあって、髪を飾る花簪は桜、薄桃色地の小袖は桜吹雪の絵柄だ。その表情が嬉々としていることから、むしろ結城虎龍は嫌な予感に駆られた。

「兄上、呪いの館の件、なにやら進展したようですよ」

声を弾ませ、菊乃は言った。

黒目がちな目をくりくりと輝かせている菊乃の高揚ぶりは、かえって虎龍の気持ちを冷静にさせた。

「ほう、そうか」

虎龍の乾いた声音を聞いても、菊乃の高ぶりようはおさまらず、

「持ち主がわかったのです。門跡(もんぜき)寺院の園空院(えんくういん)だそうです。都の北にある天台宗(てんだいしゅう)のお寺だそうで、平安の世に建立(こんりゅう)されたのですって。持ち主がわかったので、呪いの館に、白川薫さまがお祓いに向かわれるそうですよ」

　これでも平静でいられますか、と菊乃の顔には書いてある。

「それは……」

　さまざまな思いが入り混じり、すぐに言葉にはならない。持ち主は門跡寺院だったとは意外だが、それ以上の実態がよくわからないうちに、薫がお祓いをしてどうしようというのだ。

「白川さま、父に直訴(じきそ)なさったのですよ。呪いの館をお祓いしたい、お祓いをすれば、二度と言い伝えのような恐ろしい飛びおり事件は起きないって」

「どのような悪霊が取り憑いるのかわからないうちにお祓いをしても、効き目があるとは思えないがな」

　呪いの館について耳にした伝説を、虎龍は頭の中で整理した。

　詳細が不明だった館であるが、新しい情報を信じるのならば、持ち主は門跡寺

院、つまり、皇族や高位の公家が住職を務める寺院であるようだ。

その門跡寺院、園空院の関係者なのかどうかも不明だが、訪れた者が館内にある塔の最上階から、次々と飛びおりてしまうのだという。

その際、犠牲者は最上階に出没する人魂に導かれる、と噂されていた。

そもそも誰の人魂なのかもわからない。また、なぜ人魂となって彷徨っているのかもわからない。なのに、お祓いをしても効果はないと思うのだが……。

それがわからない白川薫ではないだろう。

我に返ったところで、

「兄上、聞いているのですか」

耳のそばで、菊乃が語りかけてきた。

「門跡寺院の園空院が家主とはわかったが、いまも空き家なのだろう」

虎龍が問い直すと、

「それが、近々のうちに園空院の別当さまがいらっしゃるそうですよ」

別当とは園空院の領地や奉公人、その他の雑事を司る家政機関の長のことだ。

ちなみに、門跡寺院や高位の公家の家政機関を、政所と言う。

「過去、飛びおりたのも園空院の別当なのか……」

虎龍が首を傾げたところで、

「虎龍さん」

噂をすれば影、当の白川薫が姿を見せた。念願であった呪いの館お祓いができるとあってか、薫は極めて上機嫌である。

「虎龍さん、菊乃さんから呪いの館をお祓いする話は聞いてくれましたね」

虎龍は首を縦に振ってから、

「あの屋敷を管理する別当殿がやってこられるとか」

「そうなんや」

「どういうご仁なのですか」

「天宮弘堂さんという方ですな」

けろりと薫は言ってのけたが、名前を出されても、履歴がわからなければどんな人物なのか理解できない。

虎龍の困惑などどこ吹く風、薫は続けた。

「それと、備前守さんに聞いたのやが、呪いの館はな、俵藤太こと藤原秀郷が建てたそうや。そやから、元来は俵藤太が主やったのや」

なぜか楽しそうに、薫は付け加えた。

備前守さんとは老中・松川備前守貞道、菊乃の実父であり、虎龍の舅である。

菊乃が割りこんだ。

「平将門を討ち、大百足を退治した俵藤太なのですね」

そのとおり、と応じてから薫は続けた。

「俵藤太は平将門を討った。したがって、呪いの館は平将門の霊が祟っておるのや。そうそう、これまでに身を投げたのは、園空院の別当や。ほんで、何人もの別当をあの世に連れ去った人魂の正体は、つまり将門の怨霊やったのや。麻呂も将門の霊なら、お祓いのし甲斐があるというものや。いや、平将門の怨霊を退散させられるのは、今晴明と称される白川薫以外にはおらん」

薫は胸を張った。

称されているのではなく、自称しているに過ぎないのだが、なるほど本物の安倍晴明ならば、呪いの館に取り憑いた平将門の怨霊を追い払うことができるかもしれない。

しかし、呪いの館は、本当に俵藤太が建てたのだろうか。

「俵藤太の末裔といえば、奥州藤原氏をはじめ、関東や東国に数々の武家一族として繁栄したでしょう。俵藤太が将門を討ってから、八百八十年あまりの年月が経っておるのですよ、そんな大昔に建てた館が残っておりますか。ちゃんと累代の主がいたのならわかりますがね」

　虎龍は訝しんだが、薫は微塵の疑いもないようで、

「間違いない。祟り、呪いというのは年月を超えるのや。いや、年月が経った分、よりいっそう大きな力となって人に襲いかかるのや。わかるな」

　菊乃の賛同を求めた。

　興奮が伝わったのか、菊乃の髪を飾る桜の花簪が微妙に揺れた。

「怨霊は長生きすればするほど、強くなるのですか。恐いわ……人は歳をとれば衰えますのに」

「人は身体を持っておるからや」

　菊乃の疑問に、薫は答えた。

「ああ、そうですね。霊には身体はありませんもの」

　菊乃が納得したところで、老中の松川備前守貞道がやってきた。俵藤太が建てたらしい呪いの館について話があるのだろう。

　裃姿が似合い、威厳を漂わせる松川は数え五十歳。小太りで肌艶がよく、丸い顔に細い目、柔和な笑みをたたえている。勝手掛という幕府財政を担う権力者で

ありながら、決して高慢さを感じさせないのが、人望の厚さを納得させもした。

松川は薫に一礼すると、虎龍の横に座して菊乃に声をかけた。

「なんだ、菊乃。また入り浸りおって」

言葉とは裏腹に、松川の機嫌はよい。

次いで虎龍に向き、

「懸案となっておった鐘ヶ淵の館についてじゃ」

予想どおりの用件である。

呪いの館とは言わないところが松川らしい。

「なんでも、俵藤太が建てた館であったとか」

虎龍が確認すると、

「そうだ……」

と、うなずいたものの、

「俵藤太……と申したか」

松川は訝しんだ。

「はい、平将門を討った俵藤太こと藤原秀郷、大百足を退治した、俵藤太でございます」

戸惑い気味に返すと、松川は声をあげて笑った。

なんだ、やはり思い違いなのか、人騒がせな、と恨めしそうに薫を見た。薫はそっぽを向き、知らん顔である。

「やはり、違うのですな」

聞かずともわかりきっているが、念のために虎龍は確かめた。

松川は真顔になり、

「俵藤太ではなく俵颯太(そうた)だ」

と、「颯太」に力をこめて答えた。

聞いたことのない名前である。

虎龍の表情が曇ったままなのに気づいたのか、松川は説明を付け加えた。

「俵颯太はな、いまからおおよそ百年前……そう、八代将軍吉宗公(よしむねこう)の御世にさんざん乱暴を働いた盗賊の親玉だ。もとは相模国(さがみのくに)、綾部郡田原村(あやべぐんたはらむら)の土豪であったという。気性の荒い男だったらしい。自分の屋敷で賭場を開帳し、集まってきた博徒、やくざ者を従えて、東海道で盗みを働くようになった」

俵颯太は、京都の門跡寺院園空院の別当に多額の金を贈って取り入り、配下の者を政所に送りこんだ。戦国の世まで颯太の家の所領は圓空院の荘園であったらしいが、その縁を利用したのだ。

颯太は子分を園空院の政所で働かせ、園空院の家紋入りの提灯や行李(こうり)、挟み箱、駕籠などを用意させた。これによって、全国の往来の際に、関所で荷を検められることなく通っていたのだ。

「俵颯太は賢い男でな。稼いだあげくの引き際を知っていた。奪い取った莫大な金と財宝を持って、江戸の鐘ヶ淵に館をかまえたのだ。館の中には塔を造って、捕方が捕縛に来るのを見張っておった。しかも、土地を買い取って園空院に寄進して公儀の手入れが入らないようにしたのだ。しかし、悪行の報いか、五十を過ぎたころに気が触れて、塔から飛びおりてしまったそうじゃ」

悪行は続かぬ、と松川は教訓めいた結論を強調して、話を締めくくった。

「それは、そうですよ。神仏は悪党が天寿をまっとうすることなど、決してお許しになりません」

菊乃も強く同意した。

虎龍も首肯してから、館の呪いについて問いかけた。

「例の噂です。呪いの館では、何人もが館の主の人魂に誘われ、塔の最上階から身を投げて死んだ、と」

否定するかと思いきや、松川は、それは事実だ、と言いきった。

「塔から飛びおりたのは、これまでに三人。いずれも園空院の別当にあった者だ。しかも、遠い昔ではなく、この十年の間の出来事なのだ。もっとも、人魂に誘われて、というのはあくまで噂じゃがな」

松川の説明は、呪いの館伝説に現実味を持たせた。虎龍の横目に、薫の顔が生き生きとなるのが映った。

俵颯太を俵藤太と勘違いし、てっきり平将門の霊を祓えると思っていたので、現実を知って少々落ちこんでいたのだが、飛びおりは事実とわかり、気持ちを切り替えたのだろう。

「こたび、新たな別当殿が館に訪れるとか」

虎龍は問いかけた。

「そうじゃ。天宮弘堂殿と申される。もとは学者であった。学問のかたわら園空院の政所に仕え、昨年の春から別当になられた。鐘ケ淵の館に逗留(とうりゅう)なさるのは、館と園空院の所領を巡検する役目の一環という名目じゃが……」

ここで言葉を止め、菊乃を見た。松川が席を外せと言っているのだと察した菊乃は、一礼してから出ていった。

松川は話を再開した。

「天宮殿がやってこられるのは、鐘ヶ淵の館と領地の検分のほかに、公儀への提案がある」

提案とは、海防に関係する策だそうだ。

天宮はかねてより、海防について並々ならぬ意欲を示していた。

西洋の諸事情、文化、学問、戦、軍事に精通している天宮は、イギリスやロシアの船が日本の近海を侵すようになったことを警戒、早急に備えなければならない、と主張している。

イギリス、ロシアに備えるには莫大な金がかかる。幕府のみに負担させるのではなく、天宮は一計を案じた。

海防札を売りだし、海防のための金を募集した。京都、大坂を中心とする上方で、公家や商人から総額一万両が集まった。

天宮は幕府に貸すために、その一万両を鐘ヶ淵の館に運んできたそうだ。

「海防費用として、海防札で募った一万両を年利二割で幕府に貸しつけ、海防札を買った者には毎年一割五分の配当を出す、という計画だそうじゃ」

松川は言った。

「じつに大胆なことを考えるのですな……その計画、公儀では了承されるのですか」

　松川に教えられるまで、天宮弘堂の名も海防札による海防費用調達の策も知らなかった。もちろん、海防が幕府の重要課題となっていることは、虎龍もわかっている。

　まさか、門跡寺院の別当が国を憂い、そのような大胆な策を幕府に建言しているなど、夢想だにしなかった。

　幕閣で知らないのは自分だけであろうか。だとしたら、はぐれ奉行、ここに極まれり、である。

　松川は小さくため息を吐き、

「公儀が、天宮の策を受け入れるとは思えぬ。公儀には体面があるからな。海防に要する費用は公儀が捻出し、諸大名にも負担させる。朝廷や門跡寺院、公家には頼らぬ。それにな、公儀の了承を受けず、勝手に海防札を発行した天宮弘堂のおこないを、快く思う者はおらぬ」

「ならば、天宮は集めた一万両をいかにするのですか。海防札を買った者に返すのでしょうか」

「さて、それはわからぬが、貸しつけ先は公儀以外にもあろう。金に名前はついておらぬ。海防札で集めようが、年貢米を金にしようが……台所が苦しい大名は珍しくはない。商人から借財をしておる大名も、あまたおる。商人よりも低利で貸しつければ、借り手となる大名には事欠かぬ。それに、両替商の金主となることもできる。一万両もの大金、公儀に貸しつけずとも、運用に困ることはなかろうて」

松川の説明はもっともだと理解できるが、納得はできない。

「しかしながら、天宮は公儀に貸しつけるという、いわば公儀の信用を看板として海防札を売りだしたのでござりましょう。公儀の了承も受けず……いくら門跡寺院の別当といっても」

さすがに、門跡寺院の別当たる天宮を、表立って批難する言葉はつぐんだ。

すると虎龍に代わって、

「門跡の別当にある者が海防札を売りだしたのやから、海防を憂いてのおこないやと、もっともらしゅう聞こえるけど、一介の民が同じことをしたら詐欺やで」

ずけずけと薫が言った。

このときばかりは、薫の遠慮会釈のない物言いが爽快に感じた。

松川も同感であろうが、老中という立場を思ってか、温厚な人柄ゆえか、天宮を批難する言葉は控え、

「ともかく、門跡寺院の別当が鐘ヶ淵の館に逗留するのだ。寺社奉行としては放ってはおけぬ。よって、そなたにひと肌脱いでもらうぞ」

と、虎龍に笑顔を向けた。

おそらく、他の寺社奉行は、天宮とのかかわりを避けているのだ。はぐれ奉行の結城虎龍に任せ……いや、押しつけようというのが、彼らの考えだろう。

同僚、上役たちの思惑はともかく、役目として堂々と呪いの館に足を踏み入れられるのは喜ばしい。

渡りに船、とは、まさにこのことだ。

「承知しました」

虎龍はうなずいた。

「天宮殿に会って、公儀への貸しつけは無用に願いたい、と伝えてくれ」

嫌な役目を担わせるな、と松川は気遣ってくれた。

「役目でございます。嫌もよいもござりませぬ」

優等生の返事をしたのは、世渡りを考えるようになったからか、と自分に苦笑

した。

一方の薫も意気軒高だ。

「虎龍さん、貸しつけの一件には関与できんが、しっかりとお祓いをして差しあげるから安心しなはれ。天宮とて、呪いの館に逗留するのを恐れているはずや。この十年で前任の別当が、三人も塔から飛びおりているのやからな。自分も俵颯太の人魂に誘われるのやないか、と怯えていて当然。麻呂のお祓いで颯太の霊を退散させてやれば、そらもう、麻呂も虎龍さんも感謝される。公儀への貸しつけは受け入れなくても、不満には思わんやろう」

自信満々の薫に、

「平将門の霊よりは、難なくお祓いができるのでしょうな」

つい、皮肉めいた物言いをしてしまったのだが、

「そういうことや。麻呂なら将門の霊でも退散させられるのや。颯太のような盗人ごとき、朝飯前や」

自分の間違いを気にしないどころか、都合よくとらえるとは、まこと羨ましい性格である。

「よろしくお願いいたします」

虎龍は慇懃に頼んだ。

頼られた薫は、いかにも嬉しそうである。

そこへ、菊乃が女中を従えてお茶を運んできた。虎龍や薫、松川に供してから、

「呪いの館に行かれるのですね。わたしもお供します」

菊乃は言いだした。

「やめなさい」

松川は諫めたが、菊乃は行くと言ってきかない。困ったような顔の松川が、虎龍に目配せした。やめさせろ、と言いたいようだ。

「菊乃殿、物見遊山ではないのだ。門跡寺院たる園空院の別当殿と、配下の方々が逗留なさるのだ。気軽な参詣ではない。それに、祟り、呪いがあるのかどうかはわからぬが、なにしろ百年前の屋敷だ。修繕は進んでおるとしても、危ない面があるかもしれませぬ。幽霊、物の怪が出没するかは不明だが、蝮や蛇、蜥蜴などは出てもおかしくはない」

冷静に虎龍は宥めた。

「大丈夫ですよ」

根拠もないだろうに、菊乃は楽観的である。もっとも、楽観というものには、

たいていのところ抛りどころはない。

「まったく、おまえという娘は」

苦々しい顔をする松川の苦衷をよそに、

「ところで、今度の段取りは」

と、薫は気を逸らせた。

「すでに天宮殿一行は館に入っておられる。使いを立て、明後日に寺社奉行の結城大和守がまいります、と伝えたところ、天宮殿からは仰々しい行列を仕立てるのはやめてくれ、と要望された。少人数での来訪を望んでおられる」

松川の答えに、

「わたしと薫殿、それに寺社役の藤島一平でまいります」

菊乃を見ながら虎龍は断じた。

「そうせい」

松川が強い口調で言い渡す。

「どうせ、わたしはのけ者ですよ」

唇を尖らせ、すっかりと菊乃はむくれてしまった。

「菊乃はん、そうすねんときなはれ。麻呂のお祓いで、俵颯太の悪霊を退散させたる。そのさまを土産話に聞かせてあげるから、楽しみに待っているのや」

いつもながら薫は、お祓いの成就を確信している。

「でも白川さまのお祓いで、かえって魑魅魍魎がわんさか生まれてしまうんじゃないかしら」

菊乃が揶揄すると、

「江戸の姫さんは言うことがきつい」

薫は顔をしかめた。

二

弥生三日の昼さがり、虎龍は薫、藤島一平を伴って、鐘ヶ淵にある問題の屋敷、呪いの館へとやってきた。

虎龍と一平は羽織、袴に身を包み、薫は立烏帽子を被り、白の狩衣姿だ。

江戸市中から離れた地にあり、周囲には川と沼地があるだけとあって、まさに陸の孤島と化している。

館は一万坪ほどもある広さだ。周囲をめぐる練塀は修繕してあるが、突貫工事だったようでところどころにひびが入り、穴が空いている。

門跡寺院の館という建前ゆえだろうか、館の西側に山門がかまえられていた。

館の中は、これまた大急ぎで手入れされたようだが、広大な敷地の随所に雑草や苔がむしていた。

山門で待ち受けていた番士によると、館内には東西南北に宿坊が備えられていて、天宮が連れてきた園空院政所の役人たちが宿泊しているという。

母屋は新しい屋根瓦が葺かれ、檜の材木で建て直されていた。それでも、鬱蒼(うっそう)と茂る藪(やぶ)が散在しているせいか、館内には春の華やぎが感じられない。

「なんや、辛気くさい館やな」

と、薫などはいつもの調子で、ずけずけと言ってのけた。

「あれは……」

一平が館の真ん中に目をやった。

林に囲まれ、高い塔が立っている。五重塔にも匹敵する高い建物であった。形は望楼(ぼうろう)のようである。しかも古めかしい。

噂の塔だと虎龍は思ったが、謎の飛びおりについては話さず、

「あの塔だけは、館ができたときのままだそうだ」

とだけ語った。

しかし薫が、嬉々として言い添える。

「俵颯太が、気がおかしくなって飛びおりて以来、何人も身を投げている塔や」

「そうやって聞くと、不気味さが際立ちますな。拙者も耳にしました。颯太の人魂が塔の最上階に浮かび、何人も飛びおりに誘ったと」

一平は平目のような顔を歪ませた。

「そうや。よう知っているがな」

薫はすっかり調子に乗った。

こうなると止まらない。

塔の不吉な伝説をおもしろおかしく、尾鰭をつけて語った。

「そもそも、颯太の霊に誘われて三人が飛びおりたというのは、本当なのですか。どうも、拙者には信じられませんな」

例によって、一平は幽霊や人魂の存在を否定した。次いで、ああ、そう言えば、と一平は懐中から文書を取りだした。

「この館の過去の記録です。これは事実です」

一平は、「事実」を強調した。

それによると、颯太が死んだのは享保六年（一七二一）の水無月であった。しばらくの間、空き家となっていたが、九十年近くのちに名義上の家主である園空院の別当が検分するようになった。

年に一度、水無月にひと月ほど逗留していくのが習わしとなった。わざわざ盛夏にやってくるのは、江戸の花火を楽しみたい、芸者を侍らせて大川で舟遊びもしたい、という下心があったようだ。

文化七年（一八一〇）、最初に逗留した別当が塔の最上階から飛びおりて死んだ。

次に、文化十年（一八一三）、次の別当が飛びおり、続いて四年前の文政元年（一八一八）に、天宮の前任の別当が最上階から身を投げた。

「いずれも、颯太の人魂に誘われるようにして塔にのぼった、という噂が立ったそうです」

あくまで噂です、と一平は繰り返した。

それでも、

「伝説ではなくて事実やったんやな」

薫が喜ぶと、

「別当殿三人が塔の最上階から飛びおりたのは事実ですが、颯太の人魂というのは、どうでしょうかね」

むきになって、一平は否定した。

「噂でも、お祓いのし甲斐はある。颯太の人魂に誘われてかどうかはともかく、実際に三人が飛びおりたのや。塔には、悪霊が取り憑いておるに決まっておるのや」

ますます薫は奮起したようだった。

「それにしても、颯太が死んで九十年近く経ってから、園空院の別当が逗留するようになったのは、いかなるわけであろうな。館と所領の検分、花火、芸者との舟遊びを楽しみたい、という理由らしいが、それだけであろうか」

虎龍はあくまで冷静である。

「そら、呪いの館に惹かれるものがあったのやないのか」

「拙者は、もっと現実的なことを考えてますよ。つまり、俵颯太が奪った財宝を探し求めているのです」

わけ知り顔で、一平が持論を言いたてた。

「いかにも一平が考えそうな、下世話な理由やな」

薫は冷笑した。

「幽霊や人魂、物の怪よりも、よほど可能性がありますよ。幽霊と千両箱、どちらか選べと聞かれたら、千両箱を選ぶものです」

的外れな言い分ながらも、一平は大真面目に言う。

「財宝なんぞあったら、とっくに見つかっているはずやで」

「御奉行はいかに思われますか」

そこで一平は、虎龍に疑問を投げた。

「さて、これからお会いする方々にでも聞いてみるか」

いまだなにもわからず、虎龍はあえて深入りはしなかった。

「それもそうですが……天宮殿は正直に、財宝を探しにきた、とはおっしゃらないでしょう」

一平が懸念を示すと、

「そらそうやがな。ほんでも、麻呂がお祓いをしてやるのだからな。その辺の事情も、それとなく確かめてやるわ」

当然のように薫は請け負った。

「心強いですな」

頼みます、と一平は一礼した。

三

母屋の客間に通された三人は、思わず驚きの声をあげた。

なんと意外なことに、洋間である。西洋の敷物の上に西洋机と椅子が並べられている。園空院政所の役人が椅子を引き、三人を座らせてくれた。

そこへ、別当の天宮弘堂が現れた。

五十前後の、恰幅のよい男である。狩衣ではなく、学者出身ということなのか、白絹の小袖に黒の十徳を重ね、袴を穿いていた。髪は、肩まで垂らした総髪だ。目鼻立ちが整った面差しで、若いころは男前であっただろうと想像させる。

温和な笑みを浮かべ、虎龍や薫、一平の挨拶を聞き、訪ねてくれた礼を言ってから、自分の履歴を語りだした。

「わしは若いころ、大きな声では申せぬが清国に渡った。香港、広東で過ごし、さらに安南、天竺にも出向いた。その間、エゲレスやフランスの商人どもと交わり、言葉を覚えたのじゃ」

生来、天宮は学問好きで、儒学、朱子学ばかりか蘭学にも興味があり、若いころに長崎に留学して蘭学や西洋医学を学んだ。

「自分で申すのもなんじゃが、わしは物覚えがよいのでな。オランダの言葉ばかりかエゲレス、フランスの言葉も習得した。すると、西洋のさまざまな書物を読むことができるものでな、医術、算術、商い、そして戦に関する本を読み、わが知識とした」

都の貴族のなかにも、西洋の事情に興味を抱いている者がおり、そうした者たちに講義をしたのだそうだ。

「わしはこの地でも、西洋事情を伝えようと思ってな。江戸にやってきたのじゃ」

近々、天宮は、江戸市中に蘭学塾を開くつもりだそうだ。ということは、これまでの別当と違い、長期滞在になるのだろう。

蘭学好きの大名、旗本は珍しくはない。とくにこのところ、海防の必要性が叫ばれている時節柄、おおいに注目を浴びるだろう。

海防札で募った金を幕府に貸しつけようと考えている天宮だけに、海防の重要性を大名、旗本ばかりか、町人たちにも広めたいのかもしれない。

「わしは長崎に留学しておったころ、フェートン号事件に遭遇した」

イギリス船が日本の近海に出没し、驚異となったのは、文化五年（一八〇八）のフェートン号事件がきっかけである。

当時のヨーロッパでは、いわゆるナポレオン戦争がおこなわれており、フランスと交戦中であったイギリスは、ナポレオンに制圧されたオランダ船を追って長崎までやってきたのである。

イギリス船は、日本と交易をしていたオランダ国旗を掲げて長崎に入港し、出迎えた長崎奉行所の役人とオランダ商館員を人質にして、薪水、食料を強要した。

幕府は長崎奉行所と長崎警固の任にあった佐賀藩に、討伐を命じた。

しかし、千名が常駐しているはずの佐賀藩は、百名しか家臣がおらず、軍勢を集結させる間に、イギリス船は悠々と立ち去ってしまった。

長崎奉行・松平康英は切腹、佐賀藩も家老数人が切腹して責任を取った。

ところがそれだけではおさまらず、幕府は佐賀藩主・鍋島斉直を、百日の閉門に処した。佐賀藩はフェートン号事件をおおいに恥じ、次代藩主の直正の下で、藩政改革と近代化を進める。

フェートン号事件は幕府にも衝撃を与え、海防が重要課題となった。

生涯の集大成として、西洋諸国の事情を広めたい、と天宮は言った。

立派な履歴を聞かされ、一平はおおいに感心したようだった。

「畏れ入りました。西洋諸国の学問習得とは……。天宮殿の話を聞きましたら、江戸でちまちまと暮らすのが嫌になりますな」

一平の賛美に、天宮もまんざらでもなさそうに微笑んだ。

そこへ、女中たちがお盆を両手で携(たずさ)えて入ってきた。女中たちはそろって、矢羽根模様の小袖に、紅色の帯を締めている。西洋の彩りあざやかな茶器に、カステラ、それに、虎龍たちの知らない菓子が小皿に乗っている。薫は興味津々の目で、見知らぬ茶菓子を見やった。

女中が西洋の急須から取っ手のついた西洋茶碗に、紅い色をした茶を注いだ。

「方々は、西洋の茶を飲んだことはござるかな」

鷹揚(おうよう)に天宮が問いかけてきた。

「いいえ、ござりませぬ」

首を振る一平の横で、薫も答えた。

「麻呂も初めてですな。へ～え、西洋人は血の色をした酒を飲むと聞いたが、お茶も紅いのを好むのですな。西洋人は赤が好きなのか、それとも血の気が多いのかいな……」

おかしそうに肩を揺すって笑う。

天宮はおもむろに、

「紅茶と呼んでおる。ちなみに、血の色をした酒はワインじゃ。赤いワインもあれば、白いと申すか、ごく薄い黄色がかったワインもある。葡萄から作る酒でな、葡萄の色によって赤と白のワインが醸造される。わしは、西洋菓子を食する際には、日本の茶ではなく紅茶を所望する」

と、学識をひけらかすように説明を加えた。

医術や商い、さらには合戦ばかりか、西洋の食文化にも精通していることを誇りたいようだ。虎龍は黙って聞いていたが、薫はなにか話したくてうずうずしている。

天宮は、薫を制するように続けた。

「紅茶には西洋菓子が合う。西洋菓子を食しながら飲むと、菓子と茶の味わいが高まるのじゃ。さあ、飲め。砂糖を入れるのもよい。紅茶の味が、ぐんと引きたつぞ。それが、日本の茶との違いじゃな。西洋人は味の濃い食べ物、飲み物を好むのじゃよ。はははは」

なにがおかしいのか、天宮は大笑いをした。

次いで、お茶受けに西洋菓子を勧める。

ここで薫が、

「カステラは食したことがあるが、こちらの菓子は見たこともないな。カステラの一種ですか」

と、しげしげと菓子を見た。

虎龍も、真っ白な西洋菓子に興味をそそられた。菓子は小皿に盛られ、黒文字が添えてある。

「この白いのは凝乳(ぎょうにゅう)じゃ。凝乳に包まれた、西洋の饅頭じゃな。西洋では、ケーキと呼んでおる」

賢しら顔で解説を加えると、天宮は黒文字で、西洋饅頭を食べやすい大きさに切った。次いで、黒文字の先を差し、口へと運ぶ。もぐもぐと咀嚼する唇には、べっとりと凝乳が付着した。飲みこむと、懐紙(かいし)で口を拭く。

薫は食い入るようにその様子を見ていたが、

「乳ですか……乳はどうもいけぬな。赤子のころに飲んだきりで、どんな味だか覚えていないものなあ」

と、気味悪がり、虎龍を見た。

どうやら虎龍に、味見というか毒味をさせる気だ。虎龍も遠慮したかったが、天宮にうながされ、見よう見真似でケーキこと西洋饅頭を黒文字で切って食べてみた。

息を殺し、噛まずに飲みこもうとしたが、菓子は口の中でかさばり、飲みこめるものではない。しかたなく咀嚼をする。

と、甘い……。

なんという甘さだ。しかし、餡子の甘さではない。濃厚な乳に大量の砂糖を加えたような……そのうえ、口の中がねばねばとする。これはたしかに、紅茶が合いそうだ。

熱い紅茶を飲むと、口中でケーキの甘味と紅茶の苦味が溶けあい、お互いの味が引きたった。

西洋を味わったような気がした。

つい、笑みをこぼした虎龍を見て、薫と一平も西洋饅頭をひと口食べた。

「おお、これはなんという、まろやかさや。じつに甘露(かんろ)、甘露……餡子や砂糖よりも甘いやないか。都育ちの麻呂にはしつこい甘さやが、これくらいの濃厚さがないと、西洋人の馬鹿でかい舌では味わえんのかもしれんわな」

西洋人を蔑みながらも薫は感心し、むしゃむしゃと美味そうに西洋饅頭を食べ続けた。

世の中には、虎龍の知らぬ食べ物がある。しかし、外国との窓口は長崎という限定された地、しかも外国人と接することができるのも限られた者たちだけだ。外国人といっても、長崎を訪れるのはオランダ、清国のみ。

世界にはさまざまな国々があり、料理や酒、菓子も無限に存在するのだ。

紅茶とケーキを食べただけで、この世の深遠さに思いをめぐらせてしまった虎龍に対し、天宮は日常の出来事に過ぎないような余裕で、

「どうじゃな」

と、問うてきた。

「美味です。食わず嫌いはよくないですな。と、申しても、このような珍らかな菓子と紅茶など、まず、わたしの口には入らぬと存じますが」

虎龍は謙虚な姿勢を見せた。

「気に入ったのなら、土産に持たせよう」

鷹揚に勧めてくる天宮に、虎龍は軽くうなずいたのちに断りを入れた。

「お気遣い、恐縮申しあげますが、無用にござる」

「遠慮は要りませぬぞ」

「遠慮ではなく、役目以外の私事で飲み食いするものは、自腹を切ると決めておりますのでな」

丁寧な物言いながら、毅然と虎龍は重ねて断った。そうか、と虎龍の言葉を受け入れ、天宮もそれ以上は勧めなかった。

するとそこで薫が、

「せっかくの好意、麻呂は受けましょうかな。三つ、四つでええから、土産にお願いしますわ」

と、ずうずうしくも申し出た。

「あの……拙者も……」

一平も、土産を欲しい、と言いだしかけたが、虎龍に睨まれ、

「あ、いや、なんでもありませぬ」

あわてて右手を左右に振って遠慮した。

とはいえ、せっかく自分をもてなしてくれた天宮の気分を害したのかもしれない、と虎龍は話を変えた。

「それにしても、この館は不吉な出来事が起きておりますな」

「俵颯太の人魂に誘われて塔にのぼり、颯太のように飛びおりた前任の別当が三人ですな」

隠しだてをしてもしかたがないと思ったのか、天宮は話した。

それなら、突っこんだ話も聞けるかもしれない。

「俵颯太が死んで九十年近く経ってから、園空院の別当殿がこの館を検分なさるようになったわけですが、なにか特別な理由でもおありですか」

虎龍は問いかけた。

死んだ三人の別当は、それに加えて花火見物と船遊びがしたくて水無月に訪れていたという。いまは弥生、大川の花火は、皐月(さつき)の二十八日の川開きとともにはじまるので、ふた月以上先である。

「ご承知でしょうが、この館は園空院の持ち物ですからな。館が朽ち果てないようにと、十年前から検分をはじめた次第です。家、屋敷というのは人が住まないと荒れ放題になってしまいますからな。周辺の土地も検分しようということになりました。前任の別当は花火を見たかったようですが、わしは取りたてて興味はない。それに加え、さきほども申しましたが、わしには私設塾を開設したいという計画もある。しかも、海防についての策も、公儀に献策(けんさく)したいと思っておりましてな。とまあ、そのような次第です」

立て板に水のごとく、天宮は語った。ここまでは、松川から聞いたとおりである。

本人の口から確かめられたところで、言いづらいが、いよいよ幕府への貸しつけを断ろうとした。

と、そこで一平が、

「財宝目的ではないのですな」

よけいな問いかけをした。

天宮は不機嫌になるかと思ったが、

「それはまた、うがった見方ですな」

と、鷹揚に一平の問いかけを受け止めた。

それをいいことに、

「違いますのか」

遠慮会釈なく、さらに問いを重ねる。

「そんな噂が出ておるのは存じております。園空院が俵颯太に利用されたのは、事実です。ですが、颯太が奪った財宝は、この館にはありません。公儀も調べました。不遜にも、園空院にも寺社奉行殿の手入れがあったのですぞ。その結果、見つかっておらんのですよ。だいたい、埋蔵金だの隠し財宝だの、まじめに信じるような話でもないでしょう」

　同意を求めるように、天宮は虎龍を見た。

「よくわかりました。では天宮殿以外の、亡くなられた別当殿方は、あくまで館や領地の具合を確かめるためだけに、やってこられたのですな」

「そのとおりであります」

「飛びおりて亡くなった際に出た、颯太の人魂なるものも、まったくのでたらめであると……」

　虎龍は薫を意識しながら、問いを重ねる。

「そもそもですな、飛びおりたのかどうかも怪しい。うっかり落ちてしまったのかもしれませんぞ。とかく、人というものは、おもしろおかしく物事を考えるものです。単なる落下事故よりは、颯太の人魂に誘われたか祟られたか、あるいは取り憑かれたのか……ともかく、恐ろしい死を遂げたほうが興味は惹かれる」

　まるで他人事のように、天宮は三人の死を評した。

「事故が三回も続きますか」

虎龍の疑問に、

「塔の最上階は、大変に見晴らしがよいのです。最上階で宴を催したあげく、酔っぱらって転落をした……花火をよく見ようと濡れ縁に出て、欄干から身を乗りだした、という推量も成りたちますな……じつは、お三方が亡くなられたとき、わしも政所の役人としてお供しておったのです。もっとも、わしは深酒をせず、館の修繕箇所を巡検しておりましたので、三人の別当殿が塔から落ちた際には、あいにくと立ちあっておらんのですがな」

天宮は打ち明けた。

「なるほど、そういうことですか。幽霊の正体見たり、枯尾花（かれおばな）ですな」

ここぞとばかりに、一平が大きな声を出した。それみろ、幽霊だの人魂なんぞ実在するものか、と薫に言いたいようだ。

ところが、

「天宮さんは、肝心の飛びおりた場面には居てなかったのやから、事故と断定まではできんなあ」

たじろぐどころか、薫は堂々と異論をとなえた。一平が平目のような顔を曇らせ、天宮が剣呑（けんのん）な目をしたところで、襖が開き、数人の男が入ってきた。

「みな、園空院政所の部下であり、いささか気が早いようですが、わが私塾の弟子です」

天宮は三人を紹介した。三人はそろって、白の道着を身につけている。

ひとりは坊主頭、ひとりは総髪、もうひとりは儒者髷であった。

「手前味噌ながら、この者たちはとくに優秀です」

天宮は自慢そうに笑みを浮かべた。

「優秀なようには見えんなあ」

ずけずけと薫が否定した。

三人はむっとしたが、

「白川さまは、まことに辛口でいらっしゃる。さすがは、平安の世の安倍晴明の再来と評されるお方。物の怪どころか、人を見る目もたしかですな。じつのところ、三名の者はまだ修行が足りませぬ。江戸に連れてまいったのも、館や所領の検分のほか、海防のための学問を積ませることにあります。ま、それはともかく、お近づきの印に」

これから塔の最上階で宴を催したいと思うのだが……と天宮は誘ってきた。

「多少、冷えますがな」

苦笑して、天宮は言い添える。

「ちょうどええ、最上階でお祓いをしましょう」

すぐに薫は乗り気となった。

飲食をともにしたほうが、貸しつけを断る話をしやすいかもしれない。

「では、お相伴にあずかりましょう」

虎龍も受け入れた。

四

春爛漫の昼さがりとはいえ、塔の最上階は風が吹きすさんでいるために寒さひとしおだ。薫はお祓いをすると意気込んでいたのが嘘のように、

「寒いなあ。馬鹿と煙は上にのぼりたがるものや」

と、さっそく文句を並べた。

二十畳の座敷の四方には、濡れ縁がめぐらされている。四方の壁には障壁画（しょうへきが）が描かれているが、ところどころ絵具がはがれ、腐っていた。かつては極彩色で描かれていたであろう、花鳥風月（かちょうふうげつ）がくすんでいる。

この塔が颯太以来、そのままにしてあるのがよくわかった。ただ、畳は新しいものに替えられ、青々として藺草が香りたっている。

座敷の真ん中に腰を据え、身を縮こませている薫を残し、虎龍と一平は濡れ縁に出た。濡れ縁と欄干は、さすがに修繕されていた。

一平は欄干を両手でつかんで身をあずけてみたが、びくとも動かない。

虎龍も濡れ縁に立った。

眼下に広がる絶景に心を奪われ、寒さも気にならない。

霞がかった空の下、満々と水をたたえた大川がうねり、墨堤には桜並木が連なっている。多くの荷船や屋形船が川面を行き交い、広大な江戸湾も見渡せた。

視線を西に転ずれば、白雪をいただいた富士の雄姿を、思う存分楽しむことができた。

感嘆の声をあげる一平に興味を惹かれたか、文句たらたらだった薫も座敷から出てきて、

「ええ、景色やな」

すっかりと上機嫌となった。

「気が晴れますよ」

一平も異論はない。

「今夜は颯太の人魂は出そうにないな」

楽しそうに薫は言った。

「さて、どうですかな。賑やかに宴を催しておりますと、気になって出てくるかもしれませぬぞ」

天宮が言った。

「賑やかなことが好きだったのですか」

虎龍が問いかけたところで、女中たちが食膳を運んできた。

「酒は伏見の造り酒屋から取り寄せた、清酒ですぞ」

景色を楽しんでいた一平の気持ちは、たちどころに料理と酒に移り、すぐさま座敷に戻った。

「さあ、宴席が整いました。いつまでも濡れ縁におられると風邪をひきます」

天宮に誘われ、虎龍と薫も座敷に帰る。女中たちが、四方の障子を閉じた。

「これはいい」

相好を崩した一平に、

「遠慮なさらないでくださいい」

天宮は言った。

酒が進む前に、虎龍は天宮に話をはじめた。海防札で集めた金の、幕府への貸しつけを断る旨、ていねいに申し越した。

天宮は穏やかに、

「わしとて、無理にとは申しませぬ。あくまで公儀の台所を心配したまで。海防には莫大な費えを要しますからな。台所事情に憂いがなければ、海防の心配も要らぬ、と受け止めました。ただ、わしの海防への熱意と、公儀への気遣いをおわかりいただければそれでよし、といたしましょう」

と、お辞儀をした。

「お気遣い、かたじけない。御老中・松川備前守さまにしかと伝え申す」

虎龍も礼を返した。

意外にも、あっさりと役目は終わった。

今後、集めた金をいかにするのかは、天宮の判断である。また、天宮が許可を求める前から、公儀へ貸しつけるのだと触れまわった行為については、幕閣の判断にゆだねればよい。

宴がたけなわとなり、三人の弟子の様子がおかしくなってきた。

やりとりをするうちに、坊主頭が運斎という僧侶、総髪が修験者で山背坊、儒者髷が蓑田謙三という儒者だとわかった。

運斎と山背坊は、酒が進むと不穏なことを言いはじめたのだ。

「公儀はなにを考えておられるのかのう」

山背坊は右手に杯を持ち、くだを巻いた。運斎が応じ、

「夷狄から日本を、どのように守るつもりであろうかのう」

と、声を大きくした。

「そんな生ぐさい話はやめておけ」

天宮が諭したが、

「先生とて、いつもおっしゃっているではありませぬか。いついかなるときも、海防を考えねばならぬ、と」

山背坊が反論した。

「いかにもそのとおりである。だがな、いまのそなたらは、海防を酒の肴にしておるのだ」

天宮の言葉を侮辱ととらえたか、運斎が目元を赤らめて抗議した。

「いくら先生といえど、いまの言葉は聞き捨てにできませぬ。我らは海防の議論をしようとしておるのですぞ」

「ほれ、そのじつ、酔っておるではないか。酔ったうえでの議論など、しょせんは酒に酔ったうだ話である」

天宮は冷ややかに断じた。

「先生、それはあまりに、ご無体な物言いではございませぬか」

なおも運斎が反論すると、

「いかにも、我らの志を揶揄するようなことはやめてください。師弟の契りが泣きます」

山背坊も一緒になって逆らった。

ふたりの弟子と師の争いを、他人事のように儒学者の蓑田謙三は眺めていた。

薫が割りこみ、

「海防とは立派やが、本音のところはどうなんですかな。海防を金もうけの手段にしているのと違いますか」

と、さらなる争いの火種となりかねないことを言いだした。危ぶんだ一平が、両目を大きく見開く。

「なにを！」

総髪を振り乱し、山背坊は薫を睨んだ。運斎も坊主頭を光らせて、

「お公家さんは黙っていなされ」

と、怒声を浴びせた。

薫は詰め寄ろうと腰をあげたが、運斎は無視して、攻撃の矛先を虎龍と一平に向けてきた。

「寺社奉行さまと寺社方のお役人だそうですな。結城さま、公儀の重職にある身でしょう。海防について、ちゃんとしたお考えと意識をお持ちなのでしょうな」

挑戦的な言葉を受け、虎龍の楯となるかのように一平が膳をのけた。

「むろん、御奉行は常日頃より、海防に関して心を砕いておられます」

ところが、

「ほんまかいな」

と、一平の努力を帳消しにするかのように、薫が噴きだした。

それを見て、運斎は拍子抜けしたように、

「どうも頼りないな」

と、鼻で笑った。

「あんたらにしても、ほんまに海防のことを考えておるんかいな。天宮さんが言ったように、酒で気が大きくなっているだけと違うか」

なおも薫が、からかうような口調で揶揄した。

「なにを！」

とうとう、山背坊も腰をあげた。

「許さん」

運斎も茹蛸（ゆでだこ）のようになって怒りを示す。

だが、薫は涼しい顔のまま、

「本音は財宝や。俵颯太の財宝目あてなんやろう。海防は金もうけ。ここに来たのは颯太の財宝というわけや」

「さきほども申しましたが、俵颯太の財宝などこの館にはありませんぞ」

そこで割って入った天宮が、即座に否定した。

「馬鹿にするな」

山背坊は顔を歪めたが、なおも薫は動ずることなく、逆に問いただした。

「山背坊はん、運斎はん、あんたら、どこに逗留しているのや」

「どこにと申して、この館の中に決まっているではないか」

山背坊と運勢が、同時にうなずく。

「館のどこに逗留しておるのや、という問いかけですわ。ほんま、頭が悪い……いや、とぼけておるのやな。運斎さんが逗留しておるのは館の西にある宿坊、山背坊はんは東の宿坊や。颯太の財宝は、東西南北にある宿坊に隠してある、と伝わっておるわ。みなさん、それをあてにして、居座っているのやろう。せっかく母屋を新造したというのに、そこに逗留せんというのがその証拠や」

そんな話は聞いたことがない。

薫は鎌をかけているのだ、と虎龍は思った。

「なにを言うかと思ったら、この公家は常軌を逸しておるとしか思えぬ」

山背坊は呆れたように、薫を指差した。

運斎も文句を言いかけたが、

「……それがし」

と、それまで無言を貫いていた蓑田謙三が口を開いた。

一同の視線が蓑田に集まる。

「悪いのは、天宮先生ですぞ」

意外にも蓑田は、天宮を責めたてた。

天宮も驚きを隠せず、息を呑んだ。

が、すぐに威厳を崩さぬよう野太い声で返した。

「師に対してなにを申すかと思えば、そのような戯言か。よかろう、酒の席の座興として許す」

「戯言ではない」

酔ったのか本音なのか、蓑田は天宮に対して、乱暴な口ぶりとなっていた。

「その辺にしておけ。座興では済ませられなくなるぞ」

動揺しまいと、天宮は表情を強張らせた。

「おまえは、海防を騙る偽者だ」

それでも蓑田の批難は止まらない。

最上階が静まり返った。いつの間にか日が暮れ、四方に燭台が立てられて、百目蠟燭に明かりが揺れている。

運斎と山背坊も薫への攻撃を止めて、蓑田と天宮のやりとりに注意を向けた。

「なにを……」

天宮は立ちあがり、蓑田に迫った。蓑田は座ったまま天宮を睨みあげ、

「あんたは海防の名を騙り、都でさんざんに金を儲けた。泰平呆けをしている都の青侍、夷狄を獣のごとく忌み嫌う公家どもの危機意識を悪戯に刺激し、銭、金をふんだくった。海防札などという、胡散くさい紙屑でな。売りだす際には、公儀も承認済みなどという嘘八百を並べもした」

蓑田の告発に、天宮は顔を引きつらせた。

すると運斎が、

「拙僧も、海防札のことを公儀は知らないらしい、と耳にしたが」

続いて山背坊も、

「先生は、海防のためという名目で大金を集めていました。しかし、海防はおためごかし、実際のところは、我欲にほかならないのですか」

ここにきて、天宮への疑念をさらけだした。

それを受けて蓑田が、いっそう詰め寄る。

「海防札を売りだし、一万両もの金を集めたな。その金をこの館に運びこんだ」

するとそこで薫が、

「麻呂も聞いたことがあるわ。夷狄から都を守る資金として売りだした海防札は、じつのところ、とんだまがい物やとな」

おそらくは、これも薫のはったりだろう。

話についていけず、一平はきょとんとしていたが、

「なんでござる、海防札とは……」

と、疑問を投げかけた。

「公儀に顔が効くと自称する天宮先生は、公儀が海防を充実させるための資金を海防札で募り、その金を公儀に貸しつけて、得た利は海防札を買った者に配当するというものだ」

蓑田が簡単に説明したが、一平はぽかんとしている。理解できていないと見た蓑田は、さらに嚙んで含めた口調で説明を加えた。

フェートン号事件以来、幕府は海防を充実させようとしている。

それには、莫大な費用を要する。その費用の一部として、天宮は海防札で募集した金、一万両を幕府に貸しつけようとした。幕府は、年利二割で借り入れる。

そうして、海防札を買った都の公家、商人たちには、年利一割五分を保証しているのだ。

「その海防札の信憑性を高めるため、この館に老中・松川備前守を呼んだと、都や朝廷で触れまわっておったのだ」

蓑田の言葉に、運斎が追従した。

「たしかに拙僧は、寺社奉行の結城大和守さまが、御老中・松川備前守さまの名代としてやってこられる、と天宮先生から聞いたぞ」

山背坊も、

「わしもだ」

と、言い添えた。

「天宮先生、旗色が悪いですな」

薫が楽しそうに語りかけた。

「結城さま、松川さまの名代でまいられたのですか」

蓑田が虎龍に問いかけてきた。

「いいえ、違います」

はっきりと虎龍は否定した。

すかさず、

「先生、返答やいかに」

山背坊が迫る。

「いかにも、わしは海防札を発行し、大金を得た。だがな、海防を願う心に変わりはない」

額に汗を滲ませ、天宮は腹から言葉を絞りだした。

「よく言うものだ。その一万両を持って、逃げようと企んでおったのだろう」

坊主頭をつるりと撫で、運斎は決めつけた。

「馬鹿を申せ」

否定したものの、天宮の声音は弱々しい。

「この騙り者」

やおら、蓑田は天宮の襟首をつかみ、濡れ縁に引きずりだした。

「ここから飛びおりろ！」

叫ぶようにして、蓑田が怒鳴りつける。

山背坊と運斎も座敷をあとにした。

「離せ」

欄間にしがみつき、天宮は激しく抵抗した。

五

一平は指図を受けようと虎龍を見た。

「止めよ」

虎龍が命じると、一平は座敷を横切り、濡れ縁に立って蓑田の手をつかんだ。

「やめなされ！」

厳しい声で一平が告げると、はっとなって蓑田は天宮から離れた。

そのまま天宮は、へなへなとしゃがみこむ。蓑田と運斎、山背坊は天宮を囲み、蔑みの目で見おろした。

「みなさま、落ち着かれよ。天宮殿はみなさまの師匠であり、上役ではありませぬか。世話になり、学問を学ばせていただいたのでしょう」

一平は懸命に宥めた。

蓑田はばつが悪そうに部屋に戻ると、最上階からおりてゆこうとした。

「待て」

そこを、天宮が呼び止める。

蓑田は振り返って天宮を見た。

「おまえを殺す」

両目をつりあげ、天宮は蓑田を指差した。

「殺せるものなら殺せ」

うそぶく蓑田から視線を移し、天宮は運斎と山背坊も睨んだ。

「おまえたちもだ。師たるわしを貶(おと)しめるとは、人道にもとるおこないぞ。わしは、そんな者たちと一緒に、海防に身を捧げる気はない。おまえたちを殺す。わしには俵颯太の霊が味方する。申しておこう、三人同時に殺してやる」

「馬鹿なことを申しておるわ。この詐欺師は、自分に異能があると錯覚しておるぞ」

山背坊が嘲笑った。

「丑三つ時だ。首を洗って待っておれ」

芝居がかった言葉を三人に告げると、天宮は最上階からおりていった。

「とうとう頭にきたようだな」

運斎が言い、山背坊は女中を呼んで酒を運ばせた。

残った三人の怒りはすさまじく、宴席は荒れた。虎龍も付き合わざるをえなかった。

「天宮さん、丑三つ時だと言いよったな」

薫が、天宮の殺人予告を蒸し返した。

「ふん、法螺（ほら）もいいところだ」

山背坊が鼻を鳴らした。

「しかし念のため、ここにおられるのがよろしかろう」

一平が心配を見せると、

「いや、拙僧はみずからの宿坊に戻る。天宮の戯言になんぞ屈する気はない」

運斎は立ちあがった。

それを見て山背坊も蓑田も、深くうなずきながら腰をあげた。

三人は、各々の宿坊へ去っていった。

「ここで朝まで待てばよいのに」

という一平の考えを、

「あんた、ほんまに阿呆やな」

例によって薫はくさした。

「どうしてですか」

「あの三人は、金が心配なのや。天宮が海防札で集めた金は、東西南北の宿坊に置いてあるのやろう。天宮は飼い犬に手を嚙まれたのや。信頼しておった部下であり、弟子でもある三人に裏切られた。きっと、天宮が金を回収しにくると危ぶんで、自分たちの宿坊に戻っていったのや」

しょせん同じ穴の狢(むじな)だ、と薫は天宮と弟子たちを批難した。

「どうしますか」

一平は虎龍に問いかけた。

が、これまた虎龍が答える前に、

「放っておけばええ。あんな欲の皮の突っ張った愚か者たちがどうなろうが、関係ない。麻呂も、お祓いはやめた。四人とも俵颯太の人魂に導かれて、塔から地獄に堕ちたらええのや。虎龍はん、明日の朝、早々に役人を呼び寄せて、海防札で巻きあげた金を確保するこっちゃな」

薫は顔を歪めた。

「それもそうですね。とにかく、明朝、天宮と弟子たちを捕縛しましょう」

　一平も薫の意見を受け入れた。

「寝るで」

　薫は腕枕で横になると、瞬きする間もなくいびきをかきはじめた。一平もそれにつられるように、大きな欠伸を漏らした。

　虎龍も、さすがに瞼（まぶた）が重くなってきた。


　雨戸の障を通して、朝日が差しこんでいた。

　虎龍が目覚めると、いまだ薫と一平は気持ちよさそうに寝入っていた。

　虎龍は、どうしても天宮の言葉が気になった。丑三つ時に三人を殺す……まさか、それが現実となってはいないだろうか。

「一平、起きろ」

　一平の肩を揺さぶると、

「もう、飲めませぬ」

　寝ぼけながら、一平は薄目を開けた。

「おい」

　もう一度、虎龍が声をかけたところで、一平はくしゃみをして目を覚ました。

「天宮の言葉が、やはり気にかかる。様子を見にゆくぞ」

「そうですね」

承知したものの、薫を誘うべきか一平は迷っているようだ。

すると、

「麻呂も行くで」

と、当の本人が起きあがった。

「どこから行きますか」

一平の問いに、虎龍は即答する。

「三人おるのだ。わたしが蓑田の宿坊、薫殿は運斎の宿坊、一平は山背坊の宿坊に向かおうではないか」

「それがええわ」

珍しく素直に、薫も受け入れてくれた。

虎龍は、蓑田が逗留する南の宿坊に向かった。

古びた木戸門をくぐり、中に入る。雑草が目立ち、春だというのに、桜はもちろんのこと、庭を彩る花木はない。なんとも殺風景極まりない、風景が広がっている。

宿坊も、板葺き屋根の粗末な一階家であった。敷地内には宿坊のほかに、物置小屋がある。そこに、海防札で募った金をおさめているのだろうか。

それはあとで確かめるとして、まずは宿坊の玄関前に立った。

格子戸の前に立つと、

「お許しください」

という蓑田の声が聞こえた。

急いで格子戸を開けると、土間が広がっていた。

大きな柱があり、蓑田は立ったまま縄で縛られている。蓑田の前で天宮が、憤怒の形相で立ち尽くしていた。竹刀を持ち、蓑田を打ち据えていたようだ。

すでに、蓑田の顔は血にまみれている。

虎龍に気づくと、すがるような目を向けてきた。

「天宮殿、これはどうしたことです」

虎龍の問いかけに、

「見たとおりでござる。蓑田を折檻(せっかん)しておるのだ」

当然のように、天宮は答えた。

殺すのではなかったのか、と心の中でふと疑問を浮かべると、それを察したかのように、

「わしはこやつを殺しにきた。すると、こやつは命乞いをするではないか。許すものかと思ったが、こやつは心を入れ替えると言いだした。わしは蓑田に、機会を与えた」

蓑田は一番弟子、天宮にとっては思い入れの強い弟子であるという。

「わしの折檻に耐えられたら、許してやろう」

その条件で、天宮は蓑田の改心を見極めているそうだ。

「だが、まだ終わってはおらぬぞ」

天宮が言い放つと、蓑田は黙りこむ。

「結城殿、これは内々の問題だ」

ふたたび天宮は竹刀で、蓑田の顔面を殴りつけた。唇を噛みしめた蓑田は、苦痛に耐える。

さすがに、見るにたえない。

「その辺でいいのではないか。丑三つ時から、折檻を続けているのだろう」

虎龍が止めると、天宮はしばらく思案ののちに、

「よかろう」

と、竹刀を放り投げた。

次いで、脇差で蓑田の縄を切断しようとしたが、それよりも早く、虎龍は抜刀するや下段から斬りあげた。

あっという間に縄は切れ、直後、蓑田は膝から頽れた。

天宮はそれを見ながら、

「運斎と山背坊は殺した」

と、言った。

「まことか」

虎龍の胸に、驚きと後悔が湧き起こる。

「嘘は吐かぬ」

さらりと天宮は言ってのけた。

「ここに来る前にか」

「いいや、ここに来ると同時に、だ」

「馬鹿を申せ」

「だから、嘘は吐かぬ。塔で申したはずだ。丑三つ時、同時に三人を殺す、と」

　そこで天宮は、にやりと笑った。

「まさか……」

　半信半疑となり、虎龍は東の宿坊、西の宿坊に思いを馳せた。

　ほどなくして、一平がやってきた。男をひとり伴っている。

六

「山背坊は殺されていました」

　表情を強張らせ一平は報告すると、連れてきた男を見て、

「この五助は東の宿坊の門番で、拙者が宿坊を訪れた際、門の柱に縛られていました」

　と、説明を加えた。

　門番の五助は全身を震わせ、うつむいている。

「山背坊は誰に殺されたのだ」

　努めて落ち着き、虎龍は問いかけた。

　一平は天宮を見据え、

「天宮弘堂先生です」

と、天宮が山背坊を刺殺した、と言い添えた。

「山背坊は心の臓をひと突きにされておりました。この五助によると、天宮先生は丑三つ時に東の宿坊にやってきて、山背坊を成敗する、と告げたそうです。そうであるな」

　一平が確かめると、五助は声を上ずらせ、

「相違ございません」

と認めた。

「そなたを縛ったのも、天宮先生か」

虎龍の問いかけに五助は首肯し、なにか話そうとしたが、天宮を前に口を閉ざしてしまった。

　すると、

「五助、わしに遠慮することはない。見たとおりを申し述べよ」

天宮が声をかけたが、五助は舌がもつれて言葉にならない。

　そんな五助に代わって、天宮が語りだした。

「塔で申したとおり、わしは山背坊と運斎を殺した。山背坊も運斎も、この懐剣(かいけん)

でひと突きにしてやった」

天宮は懐に手を入れ、懐剣を取りだして抜き放った。朝日を受け、血染めの抜き身が不気味に煌めく。

常軌を逸した目つきで懐剣を見ながら、

「山背坊の心の臓を刺し、五助を門の柱に縛りつけた。わしの身は東の坊にあったが、同時に西の坊にもあり、運斎も同じく、この懐剣で殺してやった」

たしかに五助は、天宮が山背坊を刺殺する様を目のあたりにしたそうだ。

天宮の話を受け、

「もう一度、問います。ここに来る前に、山背坊と運斎を殺したのでは……山背坊と運斎の命を奪ってから、ここに来たのではなかったのですな」

虎龍は念押しをするように確かめた。

天宮は、静かに首を左右に振る。

「何度申せばよいのだ。山背坊と運斎を同時に殺し、ここにも同時に現れた」

「まさか、同じ時刻に異なる場所に現れるなんて、ありえませんよ」

一平が異をとなえたところへ、薫も姿を見せた。

「運斎は殺されていたのですな」

虎龍に問われると、

「そうや」

と、薫は答えてから、

「門番が天宮さんに殺された、と言っておった」

天宮に視線を向けながら言い添えた。

「心の臓をひと突きにされていたのですな」

虎龍の問いに、

「虎龍さん、よう知っているな。そのとおりや。運斎は心の臓を突き刺されていた。門番によると、丑三つ時やったそうや」

天宮から視線を外すことなく、薫は答えた。

対する天宮は、不敵な笑みを浮かべている。

「天宮先生は同時に、山背坊の心の臓もひと突きにして命を奪ったそうです」

これまでの経緯を、一平が端的に説明する。

「塔で言ったとおり、天宮さんは山背坊と運斎を同時に殺したのやな……」

ふ〜んと唸り、薫は思案をはじめた。

「薫殿、西の宿坊の門番はどうしておるのだ。門の柱に縛られたままなのか」

虎龍の問いかけに、

「門の柱に縛られてなんぞいないぞ……どうしてそんなことを聞くのや」

戸惑いながらも薫が答えるには、西の宿坊の門番は天宮に後頭部を殴られ、失神していたそうだ。薫が介抱し、失神にいたった経緯を確かめた。

天宮が西の宿坊に現れ、しばらくして、宿坊の中から運斎の悲鳴が聞こえた。

驚いた門番は、宿坊の中に入った。すると、土間で運斎が倒れていた。

「運斎の横に、天宮先生が立っておったそうや。門番は運斎が心の臓を刺されたのを確かめたそうや。ほんで、その場におった天宮さんに、事の経緯を確かめようとしたところ、後頭部を殴られて気を失ったのや」

薫が説明を終えたところで、西の宿坊の門番がやってきた。

門番は小吉と名乗り、天宮が丑三つ時に運斎を殺したことを証言した。

話を聞きつつも、天宮は誇らしそうだ。

「人を殺せば罪人ですぞ。天宮先生、お縄になる気ですね」

一平が半信半疑で問いかける。

「いかにも、わしは運斎と山背坊を殺した。師たるわしを公然と侮辱したのじゃ。したがって、弟子にあるまじきおこないを誅した次第。ところで、わしをお縄にできるか。役人が罪に問えるのは、人が罪を犯した場合じゃ。わしは人を超えた技を用いた。同時刻に、異なる場所に現れるという異能の技をな」

　謎めいた笑みを浮かべる天宮に、一平が反論しようとしたのを虎龍は制し、

「なるほど、人を超えた技を使って殺したのだから、われら寺社方には裁けぬ、と天宮殿は申したいのですな」

「道理であろう」

　天宮は胸を張った。

　蓑田が天宮の横に立ち、

「先生は南の宿坊を一歩も出ませんでした。師を罵倒したわたしを、折檻しておられましたからな」

　と、天宮の話を裏づけた。

　それには言及せず、虎龍は小吉に確かめた。

「西の宿坊にやってきたのは、まこと天宮殿だったのだな」

「は、はい」

「しっかりと顔を見たのだな」

　虎龍は目を凝らした。

「黒の十徳を着ておられました。間違いありません」

天宮に視線を向けながら、小吉は答えた。

「着物を見て、天宮殿と思ったのだな。顔は見ておらんのだな」

「ええ……その、運斎さまの亡骸を目にしてから、天宮先生に向こうとしたところで、ここを殴られましたので」

小吉は自分の後頭部を撫でた。

虎龍は大きくうなずき、

「顔は見ていないわけだ。つまり、十徳を着た別人かもしれないのだな」

この問いかけには、天宮ではなく薫が、

「誰が天宮さんに成りすましたのや」

と、疑問で答えた。

虎龍は、

「天宮先生、どなたです」

と、ニヤリと笑いかけた。

「わし以外におらぬ」

なおも、天宮は言い張った。

虎龍は表情を引きしめ、蓑田を指差した。

蓑田は戸惑いの表情を浮かべ、

「ですから、わたしは、丑三つからさきほどまで、ここから一歩たりとも外に出ていませんぞ。結城さまもご覧になったように柱に縛られ、先生から折檻されておったのです」

声を振り絞りながら訴えかけた。

蓑田を睨み、虎龍は間合いを詰めると、大刀を抜き放った。

「おやめください」

蓑田は命乞いをしたが、虎龍は無情にも大刀を振りかぶる。

「やめなされ。いかに寺社奉行でも、吟味も裁きもしないで人を斬ることは許されませぬぞ。わしに負けた悔しさを弟子にぶつけるのは、いかにも卑怯じゃ」

冷笑とともに、天宮が虎龍を止めた。

「お説ごもっとも」

と、口では天宮の言い分を受け入れたが、

「覚悟！」

行動はそれとは正反対、虎龍は大刀を斬りさげた。

蓑田は悲鳴をあげ、天宮は顔を背けた。

ところが、血潮は舞い散らず、蓑田の着物の前が両断され、はらりと土間に落ちた。

蓑田は茫然と立ち尽くしている。

大刀を鞘におさめてから、

「丑三つ時から折檻されていたにしては、身体に傷ひとつないな」

と、冷静に語りかけた。

蓑田は口を半開きにした。

「どういうことや」

薫の疑問に、虎龍は静かな口調で答えた。

「つまり、蓑田は天宮の忠実な弟子ということだ。運斎や山背坊のような裏切者ではない、ということですよ」

「ようわからんわ。ハラタツさんは、ほんま不親切やな。わかるように説明をしてや」

不満そうに薫は顔をしかめる。

「これは言葉足らずでした。天宮と蓑田は組んでいたのです。海防札で巻きあげた一万両を、ふたりで山分けにするために。それで、みなの前でいさかいを起こし、蓑田に自分を批難させた。すると、運斎と山背坊も本性を現し、天宮殿を裏切った。天宮は三人を同時に殺す、と宣言した。しかし、実際は丑三つ時近くなり、天宮殿は山背坊を、蓑田さんは運斎を殺しにいったのですよ。五助には自分の姿をさらしてもかまわないが、運斎殺しには蓑田を向かわせたので、顔を見られてはならなかった。そのため、蓑田に小吉を失神させたのです」

これでよろしいですか、と虎龍は薫に確かめた。

「ようわかった。幽霊の正体を見たり、枯尾花、というわけや。なあ」

薫が一平に語りかけると、まさしく、と一平も納得し、

「天宮弘堂、潔く縛につけ」

腰の十手を抜き、天宮に向けた。

天宮はどす黒く顔を歪ませ、哄笑を放った。

「常軌を逸したか」

一平は十手を向けながら近づく。

不意に天宮は笑いを止め、

「出てまいれ！」

と、怒鳴った。

どこにひそんでいたのか、大勢の男たちが土間に殺到した。

それぞれ手に、匕首や長脇差を持っている。

「往生際が悪いな」

薫は吐き捨てるや、一目散に宿坊から逃げだした。

「こんなせまいところで大勢が刃物を振りまわしては、同士討ちするぞ」

少しもあわてずそう言い放つと、虎龍もゆっくりと宿坊を出た。

一平が守るように虎龍に従う。

天宮と蓑田は配下に指示を与え、それを追いかけた。

表に出るや天宮たちは、わらわらと虎龍と一平を囲んだ。

「一平、わたしから離れるな」

耳打ちをするや、虎龍は大刀の柄を右手だけでつかみ、切っ先を空に向けた。

「結城無手勝流、龍の剣！」

裂帛の気合いを発し、身体を回転させはじめた。

思いもかけない虎龍の動きに、天宮たちは目を見張ったが、

「なにをしておる、殺せ」

天宮はみずから懐剣を振りかざした。

静まり返った館内に、

「サンダラサムハラ、サンダラサムハラ」

真言密教の文言が響き渡る。

虎龍と一平を囲む輪から離れ、薫が甲高い声で真言密教を唱えているのだ。

殺気を削がれた天宮たちだったが、気を取り直し、なおも虎龍らを仕留めようとする。

だがそのとき、虎龍の動きはますます早まっていた。

大刀が巨大な軸と化し、身体が独楽のように回転している。虎龍の身体はまわるだけではなく、浮きあがってゆく。

さらには、強い風が吹きすさんだ。

天宮たちは襲いかかろうとしたが、たじろいだ。虎龍のすさまじい回転技により、大勢の動きが封じられる。

あたかも、虎龍を中心とした大きな車輪のようだった。

虎龍の動きは激しさを増し、それにつれ、車輪も速まってゆく。

「天を翔るぞ！」

虎龍は雄叫びをあげた。

晴天の朝だというのに、天宮たちの目には、あたかも暗闇に稲光が走って、雲をつかむ龍が天空を駆けのぼってゆくのが映った。

敵は、次々と龍が巻き起こす竜巻によって弾き飛ばされていった。

「なんや、どないしたのや」

ややあって、薫は真言密教を唱えるのをやめ、倒れ伏した天宮たちを見おろした。

「こ、これは……」

一部始終を見ていた一平も、口を開けたまま立ち尽くしていた。茫洋な平日のような顔が際立った。

「成敗、完結！」

虎龍は仁王立ちをして、大刀を鞘に戻した。

心地よい鍔鳴りが、野鳥の囀りに重なった。

昏倒した天宮と蓑田は、そのまま捕縛された。

調査が入ると、館には海防札で稼いだ金のほかにも、莫大な金が隠されていた。観念した天宮は、洗いざらい告白した。

それによると、館は抜け荷の取引に使っていたらしい。塔の最上階に出没した人魂は、抜け荷取引の合図にした提灯の灯りであった。

館を抜け荷の取引場所にしていたのは、当然、園空院や政所別当には内密であった。

ところが、三人の別当に気づかれたため、身投げに見せかけて殺害した。

呪いの館の秘密と天宮弘堂の企みがあきらかとなり、一平は勝ち誇ったようにあやかしの存在を否定している。菊乃は残念がったが、いっこうに懲りてない様子で、次のあやかしを探し求めはじめている。

薫はというと、

「麻呂の真言密教が、悪党どもの罪を暴きたてたのや。あいつら、なんもせんと地べたにひれ伏しおった」

などと、真顔で自分の手柄だと誇っている。

悪党退治ですっかり気をよくしたお公家さまは、しばらくの間、江戸にとどまるそうだ。

「百合、今回もあやかしには遭えなかった。物の怪、幽霊、妖怪……なんでもよい。あやかしに遭えなくとも、そなたにはいま一度……」

虎龍は、仏壇に安置された百合の位牌に語りかけた。

両の瞼をそっと閉じる。

そこでは、在りし日の百合が微笑んでいた。

まもなく三回忌だ。百合の好物だった蓬餅も食べごろだ。

「寺社奉行の役目、なんとか務めておる。はぐれながらもな……おかしいか。おかしかったら声を出して笑ってくれ」

虎龍は、両手を合わせ腰をあげた。

百合の笑い声の代わりに、時節遅れの鶯の鳴き声が聞こえた。

コスミック・時代文庫

はぐれ奉行 龍虎の剣
呪いの館

2023年1月25日　初版発行

【著 者】
早見 俊

【発行者】
相澤 晃

【発 行】
株式会社コスミック出版
〒154-0002 東京都世田谷区下馬 6-15-4
代表　TEL.03(5432)7081
営業　TEL.03(5432)7084
FAX.03(5432)7088
編集　TEL.03(5432)7086
FAX.03(5432)7090

【ホームページ】
http://www.cosmicpub.com/

【振替口座】
00110-8-611382

【印刷／製本】
中央精版印刷株式会社

ISBN978-4-7747-6445-0 C0193